एक हैरत-अंगेज़ फैसला

‘क्षमा या दंड’

चिरंतन पट्टणी

‘द नोबल पनिशमेंट’ अंग्रेजी उपन्यास का
चिरंतन पट्टणी द्वारा हिंदी में अनुवाद

"Connect the Vision"
Nexus Stories Publication
Bharata

NEXUS STORIES PUBLICATION®
Surat, Gujarat, India.

Title – **एक हैरत-अंगेज़ फैसला**

First Published by Nexus Stories Publication 2024

ISBN # 978-81-971478-6-9

Publication
Nexus Stories Publication™, Surat (Gujarat), Bhārata.
www.nexus-stories.com # +91 87800 80718

चिरंतन पट्टणी

"द नोबल पनिशमेंट" अंग्रेजी उपन्यास का
चिरंतन पट्टणी द्वारा हिंदीमें अनुवाद

लेखक: चिरंतन पट्टणी
निवास स्थान:
डी-१४७, वृंदावन टाऊनशीप,
गोत्री वासणा रोड, वड़ोदरा - ३९०००७

लेखक का परिचय

चिरंतन पट्टणी ने बॉम्बे विश्वविद्यालय से वाणिज्य (वर्ष १९७९) और कानून (वर्ष १९८२) क्षेत्र में स्नातक किया है। उन्होंने वर्ष १९८३ में प्रसिद्ध इंडियन मर्चेंट्स चैंबर्स से बिजनेस मैनेजमेंट में डिप्लोमा अच्छे गुणांक से पास करते हुए अर्जुन खिमजी एंड संन्स का योग्यता प्रमाणपत्र पुरस्कार भी प्राप्त किया है। एवं आप वर्ष १९८८ में द इंस्टीट्यूट ऑफ कंपनी सेक्रेटरीज ऑफ इंडिया, नई दिल्ली से कंपनी सचिव व्यावसायिक परीक्षा में उत्तीर्ण हुए। आप द इंस्टीट्यूट ऑफ कंपनी सेक्रेटरीज ऑफ इंडिया, नई दिल्ली के फेलो सदस्य भी हैं। उन्हें अकाउंट्स, ऑडिटिंग, कंपनी लॉ और कॉर्पोरेट गवर्नेंस आदि के क्षेत्रों में गहरा अनुभव है।

उनके द्वारा लिखित और प्रकाशित कुछ पुस्तकों में बच्चों के लिए कहानियों के संग्रह पर गुजराती भाषा में वर्ष २००५ में "**रतन जतन**" नामक पुस्तक शामिल है, जिसे गुजराती साहित्य अकादमी द्वारा विधिवत अनुमोदित और वित्तीय सहायता प्राप्त है। यह पुस्तक बच्चों और अभिभावकों द्वारा भी बहुत पसंद की जाती है और पढ़ी जाती है। उन्होंने वर्ष २००६ में गुजराती भाषा में कविताओं के संग्रह पर "**समीपता**" शीर्षक से एक पुस्तक भी लिखी और प्रकाशित की, जो तीनों पीढ़ियों के दिलों को छू गई। गुजराती भाषा में लघु कथाओं पर "**तोरण**" नामक पुस्तक भी उनके द्वारा वर्ष २००७ में लिखी और प्रकाशित की गई है, जिसे पाठकों ने खूब पढ़ा और पसंद भी किया है।

वर्ष २००८ में गुजराती भाषा में उनके द्वारा लिखित और प्रकाशित "**ॐ पथिकाय नमः**" उपन्यास बहुत ही दिलचस्प संदेश पर आधारित है जिसे भारत और देशविदेश के पाठकोंने बहोत अच्छी अभिरुचि दिखाई है। यह पुस्तक एक निर्दोष पुरुष व्यक्ति द्वारा कई महिला मित्रों से मिलने की जीवन यात्रा को दर्शाती है। वह एक बहुत ही प्यारे और संवेदनशील व्यक्ति होने के नाते वह सभी को दिल से प्यार करता है और लोगों के नकारात्मक और स्वार्थी विचारों को एक बहुत ही दयालु और प्यार भरे दिल में बदलने में सहायक बनता है और उन्हें पृथ्वी पर मानव जीवन का अर्थ समझाता है। पुस्तकें एक आध्यात्मिक संदेश के साथ समाप्त होती हैं।

फिर उन्होंने वर्ष २००९ में हिंदी भाषा में "**शिखर**" शीर्षक नामक एक उमदा कविताओं का संग्रह भी लिखा और प्रकाशित किया जिसे हिंदी

साहित्य अकादमी द्वारा विधिवत अनुमोदित और वित्तीय सहायता प्राप्त हुई। यह हिंदी कविताएँ बहुत ही सरल हिंदी अर्थपूर्ण शब्दों में प्रेरणादायक और शैक्षणिक मूल्यों पर आधारित हैं जो कई पाठकों द्वारा पसंद की जा रही है।

लेखक ने जुलाई, २०२२ में अपना पहला अंग्रेजी उपन्यास "**CROSS X CONNECTION**" भी लिखा और स्वयं प्रकाशित किया जो International Standard Book Number (आईएसबीएन) के साथ **Amazon Kindle** पर उपलब्ध है। उक्त ई-बुक को देश-विदेश में अच्छा प्रतिसाद मिल रहा है। यहां तक कि पेपरबैक संस्करण भी अमेज़ॅन किंडल बुक शेल्फ़ पर मूल्यवान पाठकों के लिए उपलब्ध है।

बाद में लेखकने जनवरी, २०२३ में "**THE NOBLE PUNISHMENT**" नामक उनका दुसरा अंग्रेजी भाषा में उपन्यास लिखा और स्वयं प्रकाशित किया जो International Standard Book Number (आईएसबीएन) के साथ **Amazon Kindle** पर उपलब्ध है। उक्त ई-बुक को देश-विदेश में अच्छा प्रतिसाद मिल रहा है। यहां तक कि पेपरबैक संस्करण भी अमेज़ॅन किंडल बुक शेल्फ़ पर मूल्यवान पाठकों के लिए उपलब्ध है।

लेखक ने जून, २०२३ में गुजराती भाषामे "**तेजस्वी तारा**" नामक स्व लिखित और स्व प्रकाशित पुस्तक प्रसिद्द की जो की International Standard Book Number (आईएसबीएन) के साथ **Amazon Kindle** पर उपलब्ध है। उक्त ई-बुक में लघु प्रेरणादायक, प्रेरक और आध्यात्मिक लेख और कविताएँ शामिल हैं और जिसे पाठकोंने पढने का आनंद उठाया।

उसके पश्चात दिसंबर, २०२३ में उन्होंने अपना तीसरा अंग्रेजी उपन्यास **"PREY OF THE LORD TIME"** लिखा जिसे **"NEXUS STORIES PUBLICATIONS"**, सूरत, गुजरात के द्वारा प्रकाशित किया जो की International Standard Book Number (आईएसबीएन) के साथ **Amazon Kindle** और **Flipkart** पर उपलब्ध है। उक्त ई-बुक को देश-विदेश में अच्छा प्रतिसाद मिल रहा है। यहां तक कि इस उपन्यास के पेपरबैक खरीदने में भी मूल्यवान पाठको ने अपना उत्साह दिखाया है।

गुजराती भाषा में उनके कई लेख गुजरात और मुंबई की विभिन्न पत्रिकाओं में प्रकाशित हुए, जैसी की नागर मंजूषा, प्रियदर्शनी, कलम कडछी बरछी,

हाटकेशजन, जिनमें संयुक्त राज्य अमेरिका से प्रकाशित अंतर्राष्ट्रीय प्रसिद्ध पत्रिका **'देश परदेश'** पत्रिका भी शामिल है।

लेखक और कवि होने के अलावा, वह एक अच्छे अभिनेता भी हैं, जिन्होंने गुजराती दूरदर्शन धारावाहिकों और गुजराती फिल्मों में विभिन्न भूमिकाएँ निभाई हैं, जिनमें से उस समय कुछ पुरस्कारों के लिए nomination यानी नामांकन के स्तर तक पहोंची थी। उन्होंने विभिन्न दूरदर्शन चैनलों पर प्रसारित कई हिंदी दूरदर्शन धारावाहिक में अलग-अलग भूमिकाएँ निभाईं। वह कुछ हिंदी फिल्मों में भी नजर आ चुके हैं। उन्होंने अपनी कुछ लघु फिल्में और विभिन्न वीडियो भी You Tube Channel पर अपलोड किए हैं और कई दर्शकों द्वारा देखे गए हैं और उन्हें पसंद भी किया गया है।

"अमृतधारा" (Talk), वार्ता आकाशवाणी, वडोदरा रेडियो स्टेशन से उनकी (टॉक्स) प्रसारण की जाती रही थी। इसके अलावा "ग्रंथगोष्ठी" के आदरणीय वरिष्ठ नागरिकों ने आप को आध्यात्मिक क्षेत्र में उनके साथ बातचीत करने का मंच दिया था। उनका यह शिष्य सदैव आभारी रहेगा।

उन्हें बचपन से ही ज्योतिष के क्षेत्र में बहुत गहरी रुचि और शौक हैं। ज्योतिष में अनुसंधान करने के लिए वे अधिक दृढ़ संकल्पित है। उन्होंने कभी-कभार एक अच्छा कार्टूनिस्ट बनने का प्रयास भी किया। वह एक अच्छे गायक भी हैं और उनके गाए गाने सोशल मीडिया पर भी उपलब्ध हैं। उन्हें ड्राइंग और पेंटिंग में भी काफी अभिरुचि है।

प्रस्तावना

लेखकने जुलाई, २०२२ में "**CROSS X CONNECTION**" नामक उनका पहला अंग्रेजी भाषा में ईबुक उपन्यास लिखा और स्वयं प्रकाशित किया। बाद में लेखकने जनवरी, २०२३ में "**THE NOBLE PUNISHMENT**" नामक उनका दुसरा अंग्रेजी भाषा में ईबुक उपन्यास लिखा और स्वयं प्रकाशित किया। दिसंबर, २०२३ में उन्होंने अपना तीसरा अंग्रेजी उपन्यास **"PREY OF THE LORD TIME"** लिखा और **"NEXUS STORIES PUBLICATIONS",** सूरत, गुजरात के द्वारा प्रकाशित किया। लेखक अपनी अनुपम काल्पनिक शक्ति और विभिन्न प्रकार के विचारों के साथ भिन्न विषयों में आज तक गुजराती और अंग्रेजी भाषाओं में अपनी कविताओं, कहानियों और उपन्यासों जैसे काल्पनिक और साहसी यानि फिक्शन, एडवेंचर आदि शैली में मूल्यवान पाठकों के लिए योगदान दिया है। इस बार लेखक ने इस ईबुक उपन्यास को अलग दिलचस्प विषय के लिए लिखकर योगदान दिया है। पढ़े-लिखे और विद्वान मनुष्य द्वारा धन-संपत्ति छीन लेने पर पागल हो जाना ही उसे यह पुस्तक लिखने के लिए प्रेरित करता है।

यह पुस्तक किस बारे में है?

यह हिंदी उपन्यास "**एक हैरत-अंगेज़ फैसला**", लेखक ने अपने खुद के ही लिखे हुए जनवरी, २०२३ में "**द नोबल पनिशमेंट**" नामक उपन्यास का अनुवाद है जो उन्होंने स्वयं ही किया है। इस "**एक हैरत हैरत-अंगेज़ अंगेज़ फैसला**" हिंदी उपन्यास के सभी पात्रों के नाम पक्षियों, प्राणियों और जानवरों के नाम पर रखे गए हैं। इसका कारण यह है कि इस २१वीं सदी में कुछ मनुष्यों की नैतिकता, स्वार्थ और दुर्भावना कुछ नीचे स्तर तक गिर गइ है। यहाँ इस काल्पनिक कहानी में विभिन्न पक्षियों, प्राणियों और जानवरों के पात्रों ने कहानी के अंत में स्वभाव और व्यवहार स्तर और दृष्टिकोण में अपने सकारात्मक परिवर्तन का एक महान उदाहरण स्थापित किया है। इससे शायद उन मनुष्यों को अपनी आँखें खोलने, हृदय को व्यापक बनाने और सभी को निर्दोष शुद्ध प्रेम बाँटने में मदद मिल सकती है, जिससे दुर्भावनापूर्ण तरीकों से प्रियजनों की संपत्ति न छीनी जा सके। छिपा हुआ संदेश अन्यथा संप्रेषित नहीं किया जा सका होता ।

पृष्ठभूमि

यह बहुत सामान्य बात है कि किसी के पास अपार धन, जमीन जायदाद और संपत्ति होती है और दूसरों को उसे हासिल करने के लिए बहुत संघर्ष करना पड़ता है, लेकिन किसी के जीवन के अंतिम समय में उसके पास मृत्यु के बाद अपने साथ ले जाने के लिए शायद ही कुछ होता है। यहां महत्वपूर्ण बात यह है कि जिस प्रकार हम अपने कर्मों के स्वस्थ और ऊर्जावान बीज धरती पर बोते हैं, प्रकृति उसी के अनुसार मनुष्य को मीठे फल देती है या खुश रहने के साधन प्रदान करती है। वर्तमान युग मानव के लिए जटिल और कठिन है जो दूसरे मनुष्य के साथ अपनी संपत्ति की तुलना करना शुरू कर देता है। वहां ईर्ष्या, द्वेष, प्रतिशोध की भावना, अपराध करना और सारी संपत्ति पर कब्ज़ा करने की भावना जन्म लेती है। किसी भी तरह से अपने प्रियजनों और दूसरों की संपत्ति छीनने की लड़ाई चल रही है।

पुस्तक का मर्म

यहां कुछ पात्र केवल भौतिक धन, जमीन और संपत्ति में ही खुशी ढूंढने की कोशिश करते हैं और इसकी तुलना अपने से बहुत अमीर वर्ग के साथ करते हैं और सोचते हैं कि प्रकृति ने उसे कितना कम पुरस्कार दिया है, बजाय इसके कि वह अपने से कमज़ोर लोगों से तुलना करे कि वह उससे कितने बेहतर है। ऐसे पात्र दूसरों की ऐसी संपत्ति पर अवैध रूप से कब्ज़ा करने के लिए चालाक और प्रतिशोधी स्वभाव के सभी अनैतिक तरीके अपनाते हैं। संतुलित, विद्वान और ज्ञानवानों की मानसिक स्थिति ही उनके भीतर से उभरने वाली सच्ची खुशी, संतृप्ति बिंदु और उदारता की अनुभूति कराती है। व्यक्ति की इच्छाओं और इच्छाओं का कोई अंत नहीं है। पृथ्वी पर मनुष्य के रूप में जन्म लेने का एकमात्र उद्देश्य परम संतृप्ति बिंदु को प्राप्त करना है। इसका कारण यह है कि संतुष्ट होते हुए भी मनुष्य की इच्छाएँ अनंत और बार-बार दोहराई जाने वाली होती हैं। कई बार एक गरीब या मध्यम वर्ग अधिक खुश होता है क्योंकि उसके पास केवल आज के लिए धन होता है और वह अपने कर्म के वास्तविक प्रयासों और प्रकृति पर विश्वास छोड़ देता है कि उसका कल भी उसके जीवन की औसत जरूरतों के लिए पर्याप्त या इष्टतम लाएगा। उनका स्वास्थ्य अच्छा है, धन-सम्पत्ति को सुरक्षित रखने की कोई चिंता नहीं है और मन की शाश्वत शांति का आनंद लेते हैं।

परिवार में सगे संबंधियों में धन, संपत्ति, जमीन-जायदाद के लिए पागलपन, लड़ाई-झगड़ा और भूख हमेशा देखी जाती है। यह हिंदी उपन्यास "**एक हैरत-अंगेज़ फैसला**" पुस्तक सभी के विचारों का सकारात्मक नैतिक परिवर्तन प्रस्तुत कर रही है, विशेषकर जब पक्षी, जीव-जंतु और जानवर के पात्र पवित्र और उदार संदेश को पचा लेते हैं, तो मनुष्य क्यों नहीं?

सच्चा सुखः-

भौतिक सुख पाने की लालच में मनुष्य प्रकृति के न्याय को भूल जाता है कि ऐसी स्थिति के लिए उसके स्वयं के बुरे या ख़राब क्रूर कर्म अर्थात गलत और अनैतिक तरीकों से आपराधिक विचार करना ही जिम्मेदार है।

यहां इस कहानी में पात्र भारत में हिमालय और गिरनार के पहाड़ों में भारतीय विद्वान संतों से मिलते हैं और यह समझने के लिए ज्ञान प्राप्त करते हैं कि वास्तव में जीवन की सच्ची खुशी क्या है?

भारतीय संत ऐसी प्रेमपूर्ण आत्माओं को उनके गुणात्मक कौशल से पहचानते हैं और पात्रों को जीवन की नैतिक शिक्षा देते हैं। मानवता और नैतिकता का गुण हर परिस्थिति में संतुस्ट रहना समजाता है। जियो और जीने दो, साझा आनंद लो।

लेखक ने स्वयं अपनी पुस्तक "**THE NOBLE PUNISHMENT**" अंग्रेजी उपन्यास का अनुवाद "**एक हैरत-अंगेज़ फैसला**" नामक इस हिंदी उपन्यास में किया है।

आशा है की यह अनुवादित उपन्यास सभी मूल्यवान पाठकोंको बहोत पसंद आएगा।

अस्वीकरणः-

यह एक काल्पनिक कृति है। इस ई-पुस्तक में किसी भी पात्र के नाम, जिसमें किसी भी पक्षी, जीव-जंतु आदि के नाम या स्थान, घटनाएँ शामिल हैं, वह सब केवल काल्पनिक हैं। वास्तविक पक्षियों, प्राणियों, जानवरों और मनुष्यों के जीवित या मृत या वास्तविक घटनाओं से कोई भी समानता पूरी तरह से काल्पनिक और केवल संयोग है।

यह हिन्दी उपन्यास मेरे स्वर्गीय मित्र को समर्पित है
FCS आदरणीय श्रीमान भूमित्रभाई वी. धोलकिया

(जन्मतिथि: - ३ सितम्बर,१९४९)
और निधन १९ जनवरी,२०२२ को)

(ब्रह्मांड से उनके आशीर्वाद की याचना करते हुए मेरे परम स्वर्गीय दोस्त को मेरी प्यारभरी श्रद्धांजली)

वह एक स्वनिर्मित विशिष्ट व्यक्तित्व थे। उन्हें अपने आत्मविश्वास और कड़ी मेहनत पर विश्वास था जिसे उन्होंने साबित किया और अपना खुद का व्यावसायिक साम्राज्य स्थापित किया। वह हमेशा विनम्र, सीधे, सिद्धांतवादी व्यक्ति और सभी के प्रति बहुत उदार रहे।

मुझसे लगभग एक दशक बड़े होने के कारण मैं अपने आपको भाग्यशाली समझता हूं क्योंकि उन्होंने हमेशा मेरा मार्गदर्शन किया। मेरे पास मेरे परम स्वर्गीय भाई जैसे दोस्त और पेशेवर सहकर्मी के रूप में उनकी सभी प्यारी, पोषित यादें हैं जिन्हें मैं अपने साथ रखता हूं।

आदरणीय अनुभवी लेखक श्रीमान प्रफुल शाह द्वारा पुस्तक की प्रशंसा
आँखे खोल देने वाली एक अलग अवधारणा

लेखक चिरंतन पट्टणी का "**एक हैरत-अंगेज़ फैसला**" अनुवादित उपन्यास सचमे ये एक अलग अवधारणा है।

ज़ाहिर तौर पर, तार्किक और समय की मांग के अनुरुप, इस उपन्यास के सभी पात्रों के नाम पक्षियों, प्राणियों और जानवरों के नाम पर लेखक ने रखे है ! आश्चर्य हो रहा है? हाँ...! इसका कारण यह है कि दुर्भाग्यवश इस २१वीं सदीमें युग से प्रभावित हम मनुष्यों की नैतिकता, नीति धोरण, स्वार्थपरता और दुर्भावना कुछ हद तक निचले स्तर पर गिर गई है।

इस कहानी में हम मनुष्य की लालची, खून-चूसने वाली और अमानवीय छवि दिखाने के लिए प्रकृतिरूपक शानदार कल्पना की गई है। यहां लेखक चिरंतन पट्टणी विभिन्न पक्षियों, प्राणियों और जानवरों रूपी काल्पनिक पात्र के माध्यम से कहानी के अंत में उनके स्वभाव, प्रकृति, व्यवहार और दृष्टिकोण में सकारात्मक परिवर्तन का एक महान उदाहरण स्थापित करते हैं। इससे इस युगमें हम सभी मनुष्योंको एक नया विचार, नया आयाम, नई सोच और सभी जीवित प्राणियों के प्रति निर्दोष शुद्ध प्रेम साझा करने का एक प्यार भरा संकेत है। सचमुच, बहुत अनोखा, सकारात्मक और प्रेरक अंत, "**एक हैरत-अंगेज़ फैसला**" अनुवादित उपन्यास शीर्षक को पूरी तरह से सार्थक ठहराता है।

मैं इस उपन्यास की सफलता के लिए लेखक चिरंतन पट्टणी को ढेर सारी शुभकामनाएँ देता हूँ। इसके अलावा, मैं उन्हें इस नये प्रयोग के लिए बधाई देता हूं।

प्रफुल शाह, दिनांकः १६ मार्च,२०२४
ईमेल:prafulshah@gmail.com

(**आदरणीय अनुभवी लोकप्रिय श्रीमान प्रफुल शाह** मुंबई स्थित प्रसिद्ध लेखक और अनुभवी पत्रकार हैं। उनकी पैंतीस पुस्तकें पांच भाषाओं अर्थात गुजराती, अंग्रेजी, हिंदी, मराठी और उड़िया में प्रकाशित हुई हैं। उनके सबसे प्रसिद्ध शीर्षक **'दृश्यम अदृश्यम'**, **'फादर्स डे'**, **'अग्निजा'**, **'दादलो'** **'फाइल के'**, **'लाइफ इम्पॉसिबल' और नवीन सृजन 'कच्छ फ़ाइल'** इत्यादि हैं।

यूं तो आदरणीय अनुभवी लोकप्रिय श्रीमान प्रफुल शाह अपने साहित्य क्षेत्र में इतने लोकप्रिय हैं कि उन्हें किसी परिचय की आवश्यकता नहीं है। वह लाठी गांव के रहने वाले हैं, जहां भारतीय राजसी महाकवि आदरणीय कलापी जी का जन्म हुआ था। उनके पास गुजराती भाषा के प्रसिद्ध मीडिया क्षेत्र में एक पत्रकार के रूप में चार दशकों से अधिक का गहन ज्ञान और अनुभव है। उनके कई लेख और कॉलम लाखो पाठकों के बीच भी लोकप्रिय हुए हैं।

उन्हें वास्तविक ज़िंदगी की कहानियां, इतिहास, सैनिकों और अपराध के विषयों पर प्रभुत्व और महारत हासिल है। उन्होंने उपन्यास, नाटक, दूरदर्शन धारावाहिक, फ़िल्में और वेब सामग्री लिखी है। ओटीटी प्लेटफॉर्म जी ५ पर आदरणीय अनुभवी लोकप्रिय श्रीमान प्रफुल्ल शाह की दो वेब फिल्में **'बारोट हाउस'** और **'पोशम पा'** ने काफी समालोचक प्रशंसा और लोकप्रियता अर्जित की। फिलहाल उनकी कुछ फिल्में और वेब सीरीज निर्माणाधीन हैं।

सुश्री यामिनी रामपल्लीवार की ओर से
अभिवादन एवं शुभकामनाएं

"एक हैरत-अंगेज़ फ़ैसला..." हिन्दी उपन्यास

मैं पूरे विश्वास के साथ कह सकती हूं कि **चिरंतन पट्टणी** द्वारा लिखा गया **"एक हैरत-अंगेज़ फ़ैसला"** हिन्दी उपन्यास जगत में अपनी शानदार उपस्थिति दर्ज कराएगा। अपने ही लिखे अंग्रेज़ी नॉवेल **"द नोबल पनिशमेंट** "का उन्होंने उत्कृष्ट हिन्दी अनुवाद किया है।

इस उपन्यास की कहानी भावनाशून्य, भौतिकवादी और लालची बनते जा रहे वर्तमान समाज के चाल-चलन और मानसिकता का सजीव चित्रण करती है।

रहस्य-रोमांच से भरपूर उपन्यास शुरू से अंत तक पाठक को बांधकर रखने में कामयाब रहता है। उपन्यास के लिए उन्होंने ज्वलंत विषय का चयन किया है, और इसलिए उनकी यह रचना लंबे समय तक जीवित रहेगी। उनकी कल्पनाशीलता क़ाबिल-ए-तारीफ़ है।

"एक हैरत-अंगेज़ फ़ैसला" समाज को एक नया विचार और नेक संदेश देता है साथ ही यह तय करने का अधिकार भी देता है कि गुनाहगार को सज़ा मिले या माफ़ी।

मैं श्री **चिरंतन पट्टणी** को उनके इस नए हिन्दी उपन्यास **"एक हैरत-अंगेज़ फ़ैसला"** के लिए बधाई और अनेक शुभकामनाएं देती हूं..

यामिनी रामपल्लीवार
पत्रकार, अनुवादक

आदरणीय श्रीमान जिग्नेश वैष्णव जी की ओर से धन्यवाद एवं शुभकामनाएं

"एक हैरत-अंगेज़ फ़ैसला..." हिन्दी उपन्यास

मैं लेखक चिरंतन पट्टणी को उनके पहले हिन्दी उपन्यास "एक हैरत-अंगेज़ फ़ैसला..." लिखने के लिए बहुत धन्यवाद देता हूँ। यह उनका दसवा पुस्तक है इससे पहले उन्होंने गुजराती और अंग्रेजी भाषामें उपन्यास और हिन्दीमें "शिखर' काव्य संग्रह भी लिखा और प्रकाशित किया जिसे हिंदी साहित्य अकादमी द्वारा विधिवत अनुमोदित और वित्तीय सहायता प्राप्त हुई।

अपने ही लिखे अंग्रेज़ी नॉवेल 'द नोबल पनिशमेंट" का उन्होंने हिन्दी अनुवाद किया है। यह उपन्यास रहस्य- रोमांच से भरपूर है।

इस उपन्यास की कहानी सभी के विचारों का सकारात्मक नैतिक परिवर्तन, एक नया आयाम और नेक संदेश प्रस्तुत कर रही है। यह उपन्यास भारत के ज्ञानी संतो का भी परिचय देती है।

मैं बहुत आशावादी हूँ कि लेखक चिरंतन पट्टणी इस "एक हैरत अंगेज फैसला' अनुवादित उपन्यास सभी मूल्यवान पाठकों को अवश्य पसंद आएगा।

मैं उन्हें उनके पहले हिन्दी उपन्यास 'एक हैरत-अंगेज़ फ़ैसला" के लिए बहुत शुभकामनाएं देता हूँ।

जिग्नेश वैष्णव
फिल्म निर्देशक

अनुक्रमणिका

कहानी में प्रमुख काल्पनिक पात्र

मिस्टर कॉक अरबपति हैं.
श्रीमती हेन मिस्टर कॉक की पत्नी हैं।
श्रीमान माउस कोल्ड स्टोरेज/शवगृह प्रभारी हैं।
मिस्टर फॉक्स मिस्टर कॉक के चचेरे भाई हैं।
मिस कैट मिस्टर कॉक की चचेरी बहन है।
डॉ. आउल मेडिकल डॉक्टर हैं।
श्रीमती स्किरल पड़ोसी प्रतीत होती है !
मिस्टर डक जासूस हैं और श्रीमती हेन के सबसे अच्छे दोस्त भी हैं।
मिस्टर ओक्स मिस्टर कॉक के भूविज्ञानी मित्र हैं।
मिस्टर क्रोकोडाइल घर के मालिक है।
श्री लायन सरकारी आपराधिक कार्यालय के मुख्य न्यायाधीश हैं।
मिस्टर हाथी मिस्टर डक के भारतीय मित्र है।
मिस्टर मंकोडी मिस्टर हाथी के भारतीय मित्र हैं।
मिस्टर हिप्पो श्रीमती हेन के चाचा हैं।

और

पुलिस, हिमालय पर्वत और गिरनार के संत

१. शव का गायब होना

श्रीमती हेन कोल्ड स्टोरेज यानि मुर्दाघर मोर्चरी फ्रिज रूम में दाखिल हुईं जहां शवों को संरक्षित किया जाता है। उन्होंने पिछली शाम अपने पति मिस्टर कॉक के शव को वहां रखा था और रसीद अपने पास रख ली थी। अपने पति मिस्टर कॉक के शव का दावा करने के लिए उन्होंने वहां के मुख्य कार्यालय को रसीद सौंप दि क्योंकि मिस्टर कॉक के चचेरे भाई मिस्टर फॉक्स, चचेरी बहन मिस कैट और दूर से कुछ दोस्तों के आने की उम्मीद थी और उन्हें मिस्टर कॉक की अंतिम यात्रा में भी भाग लेना था।

मिस्टर कॉक की उम्र महज़ तीस साल थी और श्रीमती हेन की उम्र सत्ताईस साल थी और दोनों की शादी अभी छह महीने पहले ही हुई थी। वैसे तो मिस्टर कॉक बिल्कुल स्वस्थ थे लेकिन किसी को नहीं पता था कि अचानक उन्हें क्या हो गया ! जब उन्हें डॉ. आउल के पास ले जाया गया, तो उन्होंने मिस्टर कॉक को यह कहते हुए मृत घोषित कर दिया कि उन्हें बड़े पैमाने पर दिल का दौरा पड़ा था।

इस बीच श्रीमान माउस जो की मुर्दाघर मोर्चरी फ्रिज रूम के कार्य प्रभारित थे वह श्रीमती हेन के पास आए और उन्हें खेद जताते हुए बताया की मिस्टर कॉक का शव मोर्चरी फ्रिज रूमसे गायब था। तुरंत ही वह अपने हेड के पास गए और रसीद के साथ रिपोर्ट की और उन्हें मिस्टर कॉक के लापता शव के बारे में बताया। श्रीमती हेन उनके पीछे गई। मिस्टर माउस और उनके हेड के बीच की बातचीत को सुनकर श्रीमती हेन भी बहुत हैरान हो गईं और उनकी आंखों में आंसू आ गए। श्रीमती हेन के साथ कुछ चर्चा के बाद, विस्तृत पूछताछ के लिए पुलिस को बुलाया गया। पुलिस ने किसी तरह श्रीमती हेन को आश्वस्त करते हुए कहा,

"श्रीमती हेन ...! देखिए....! हम सभी अधिकारी अब तक मिस्टर कॉक के शव का पता नहीं लगा सके है और उनका कहना है कि उसकी जानकारी और जांच की जाएगी। मिस्टर कॉक का शव वह कोल्ड स्टोरेज से गायब है। लेकिन चिंता न करें हम इस मामले की छानबीन करेंगे। श्री कॉक के लापता पार्थिव शव के संबंध में विस्तृत जांच शुरू होने में कुछ समय लगेगा। कोल्ड स्टोरेज अथॉरिटी को पूरे मामले पर बहुत खेद है।"

यह बात सुनकर श्रीमती हेन बहुत अधिक परेशान हो गईं। फिर उन्हें शांत किया गया और पानी भरा गिलास दिया गया। कुछ समय बाद श्रीमती हेन शांत हो गईं। श्रीमती हेन फिर घर लौटीं और मिस्टर फॉक्स और मिस कैट को घटना के बारे में सूचित किया क्योंकि वे पिछले दो दिनों से शहर में नहीं थे। उक्त दुःखद समाचार सुनकर दोनों ने बताया कि वे तेजी से लौट रहे हैं। पुलिस प्रभारी श्रीमान माउस के साथ गहन चर्चा कर रही थी कि ऐसा कैसे हो सकता है? खासकर जब शव कोल्ड स्टोरेज में रखा गया हो।

मिस्टर माउस ने बताया, "कल रात अचानक कुछ देर के लिए बिजली गुल हो गई थी। इस वजह से संभवतः वह रैक को लॉक करना शायद भूल गए होगे और गलती से खुला रह गया हो!"

पुलिस कुछ हद तक आश्वस्त थी लेकिन यह जानने के लिए उत्सुक थी कि आखिरकार मिस्टर कॉक का शव कहां गायब हो गया? फिर पुलिस गण सिक्योरिटी के पास गई और पूछा कि उस रात बाकी लाशें लेने और कौन किस वक्त आया था? रिकार्ड भी दुरुस्त थे इसलिए सवाल अनसुलझा रह गया। पुलिस भी चिंतित और हैरान थी। पुलिस ने कोल्ड स्टोरेज रूम के सीसीटीवी कैमरे और निकास द्वार के रास्ते की भी जांच की। पुलिस और कोल्ड स्टोरेज अथॉरिटी ने सीसीटीवी कैमरे में देखा कि कुछ लोग अंधेरे में उस कोल्ड स्टोरेज रूम से निकास द्वार की ओर जा रहे थे। सीसीटीवी कैमरा अंधेरे में बहुत खराब तस्वीर दिखा रहा था जिससे यह पता लगाना लगभग मुश्किल हो गया था कि उक्त लोग कौन थे! लेकिन फिर यह बताया गया कि वे लोग शायद स्टाफ के सदस्य हो सकते हैं जो ठीक से दिखाई नहीं दे रहे थे क्योंकि उस रात के दौरान रोशनी और बिजली नहीं थी। मिस्टर माउस के चेहरे से विदित हो रहा था कि यह संभव है कि वह लोग मिस्टर माउस के अलावा अन्य स्टाफ के सदस्य थे। इन सभी की जानकारी श्रीमती हेन को दी गई।

श्रीमती हेन ने तर्क दिया कि सीसीटीवी कैमरा में कोई भी आदमी उनके पति के शव को ले जा रहा हो ऐसा देखाई नहीं दे रहा था और इसलिए उस दल के बारे में पूछताछ बेकार और अनावश्यक थी। महत्वपूर्ण यह था कि मिस्टर कॉक का शव कौन ले गया? या फिर वहां उपस्थित लोग ! पुलिस भी श्रीमती हेन और कोल्ड स्टोरेज अथॉरिटी के इसी तर्क से सहमत हुई। कोल्ड स्टोरेज प्रमुख ने पुलिस को सूचित किया कि हालांकि कल रात बिजली चली गई थी और जब तक वे वैकल्पिक डीजल जेनरेटिंग पावर तंत्र

चालू कर सके, इसमें कुछ समय लग गया। जब्र कि बिजली आपूर्ति बहाल करने का समय आ गया। संभवतः उस दौरान कुछ हुआ होगा और उस समय तक मिस्टर माउस की ड्यूटी भी ख़त्म हो चुकी थी। इसके बाद पुलिस ने विद्युत आपूर्ति वितरण कंपनी से कल रात बिजली गुल होने का समय और कारण पूछा। लेकिन तब पुलिस आश्चर्यचकित रह गई जब विद्युत आपूर्ति वितरण कंपनी के प्रमुख ने बताया कि पिछली रात उस क्षेत्र में कोई बिजली गुल नहीं की गई थी। इससे यह संदेह पैदा हो गया कि मिस्टर कॉक के शव को गायब करने के लिए कोई साजिश रची गई होगी। इससे यह विचार उत्पन्न हुआ कि किसी ने जानबूझकर उक्त अस्पताल की बिजली बंद कर दी और शव लेकर भाग गया। श्रीमती हेन को सारी बात बता दी गई। श्रीमती हेन सारी बातें सुनकर अधिक परेशान हो गई।

पुलिस ने श्रीमती हेन से पूछा,

"श्रीमती हेन ! आख़िर मिस्टर कॉकने आख़िरी समय कौन से रंग के कपड़े पहने थे? क्या मिस्टर कॉक की मृत्यु से पहले उन्हें हृदय संबंधी किसी दर्द या बीमारी के कोई लक्षण थे?"

श्रीमती हेन ने कहा, "मिस्टर कॉकने अपना ग्रे रंग का कोट, पैंट और टाई पहनी थी। वह नियुक्तियों को नोट करने के लिए हमेशा लाल बॉल प्वाइंट पेन के साथ चिट का एक टुकड़ा अपने पास रखते थे और फिर उसे फेंक देते थे। पिछले छह महीनों में मिस्टर कॉक के साथ रहने के दौरान उनको कोई भी हृदय संबंधी लक्षण नजर नहीं आया और खासकर जब आखिरी बार उन्होंने घर छोड़ा था।"

पुलिस यह पता लगाने की पुरजोर कोशिश कर रही थी कि आखिर मिस्टर कॉक का शव कोल्ड स्टोरेज रूम से क्यों उठाया गया होगा? उस शव का उद्देश्य क्या था और उसका क्या उपयोग हो सकता था? क्या उसके पीछे कोई आपराधिक इरादा था या कहें कि दुर्भावनापूर्ण इरादा था?

अगले दिन पुलिस श्रीमती हेन के घर गई और कुछ प्रश्न पूछे।

पुलिस, "श्रीमती हेन...! क्या आप कृपया मिस्टर कॉक के आखिरी बार घर पर आऐ उसका वर्णन कर सकते हैं?" श्रीमती हेन, "हाँ...! देखिये मिस्टर कॉक लगभग एक बजे दोपहर के भोजन के लिए घर लौटे। उन्होंने अपना

भोजन लिया। वह मोबाइल पर किसी से बात कर रहे थे और अपने कार्यालय के काम के लिए फिर दोपहर करीब ढाई बजे चले गए। वह मार्केटिंग के आदमी थे इसलिए उसे एक संभवित ग्राहक से मिलना था। उसने वहां से मुझे फोन भी किया कि वह शाम छह बजे तक घर आ रहे है। मैंने इंतजार किया और वह शाम करीब पौने छे बजे घर लौट आए। इससे पहले कि मैं उसे रात के खाने के लिए उन्हें बुला पाती, मैंने उसे अपने बिस्तर पर लेटे हुए देखा। मैंने उसे फोन भी किया। लेकिन उसने मेरी आवाज़ सुनी ही नहीं। मैं उसके बिस्तर पर गई और उन्हें जगाने के लिए कई बार कोशिश की। मुझे लगा कि वह बेहोश हो गए होगे। मैंने तुरंत डॉ. आउल को फोन किया जो नियमित चिकित्सा जांच के लिए उनके पास आते थे। हमारी शादी से बहुत पहले ही मिस कैट ने डॉ. आउल को मिस्टर कॉक से मिलवाया था और तब से मिस्टर कॉक और मैं सभी मेडिकल मुद्दों पर उनसे सलाह मशोरा ले रहे थे। डॉ. आउल ने दौड़कर एम्बुलेंस की व्यवस्था की और उसे अस्पताल ले गए। वहां डॉ. आउल ने दोबारा उनकी जांच की। उन्होंने अपना ईसीजी इत्यादि लिया।"

लेकिन तब डॉ. आउल ने मुझे बताया,

"माफ़ करें.... श्रीमती हेन...! मैंने बहुत कोशिश की। मैंने उन्हें ऑक्सीजन भी दी और वेंटिलेटर पर भी रखा। आपने भी वह सब देखा, लेकिन आपको यह बताते हुए बहोत दु:ख हो रहा है कि वह अब नहीं रहे। जैसा कि मैं समझता हूं, उसे बड़े पैमाने पर हृदयाघात आया होगा।"

"ये सुनते ही मैं तो वहीं टूट गई थी। लेकिन होश में आने के बाद मुझे एहसास हुआ कि मुझे उसके करीबी रिश्तेदारों को सूचित करना होगा और फोन करना होगा।"

पुलिस ने हस्तक्षेप किया,

"आप कहते हैं कि वह फिट और ठीक थे, फिर वह किस नियमित जांच के लिए जाते थे?" श्रीमती हेन ने उत्तर दिया,
"माई....लार्ड...! डॉ. आउल नियमित रूप से उनके आहार के बारे में सलाह दे रहे थे क्योंकि मिस्टर कॉक अपने वजन नियंत्रण और उस सब पर बहुत ध्यान देते थे।"

पुलिस ने हस्तक्षेप किया, "वैसे आप किसे इसका बहुत करीबी रिश्तेदार बताती हैं...?"

श्रीमती हेन ने उत्तर दिया, "उनके चचेरे भाई मिस्टर फॉक्स और चचेरी बहन मिस कैट लगभग उसी की उम्र के हैं। वे यहीं शहर में ही रहते हैं लेकिन वे दोनों कुछ दिनों के लिए शहर के बाहर चले गए थे। क्योंकि उन्होंने मुझे कल शाम ही फोन पर बताया था की वे दोनों कुछ दिनों शहर के बाहर चले गए हैं इसलिए मुझे उन्हें सूचित करना होगा। फिर मिस्टर कॉक की अंतिम यात्रा की प्रतीक्षा करनी होगी। उनके अलावा मिस्टर कॉक के कुछ करीबी दोस्त भी हैं।"

पुलिस ने पूछा, "कृपया हमें मिस्टर फॉक्स और उनकी चचेरी बहन मिस कैट का संपर्क मिल सकता है!"

श्रीमती हेन ने उत्तर दिया, "ज़रूर...! मैं उनके संपर्क आपसे साझा कर रही हूं सर....! लेकिन वे दोनों आज ही आ रहे हैं और आप चाहें तो उनसे मिल सकते हैं सर..! ऐसे में मैं बहुत शर्मिंदा हूं कि मिस्टर कॉक अब नहीं रहे और मिस्टर कॉक का शव भी गायब है।"

पुलिस ने कहा, "'आप दोनों की शादी कब हुई?"'

श्रीमती हेन ने उत्तर दिया, "सर..! अभी कुछ छह महीने पहले ही।"

पुलिस ने तुरंत पूछा, "'आप एक-दूसरे को कैसे जानते थे?"

श्रीमती हेन, "दरअसल.... ! हम एक स्टोर में मिले जहां मैं अपना बैंकिंग कार्ड भूल गई थी और उन्होंने मेरी ओर से पैसे का भुगतान किया, तब से हम निकट संपर्क में आ गए। मिस्टर कॉक को संगीत का शौक था। इसलिए वह एक लोकप्रिय डांस क्लब में आते थे। हम रोजाना एक-दूसरे पर प्यारभरी नजर रखने लगे और एक दिन एक-दूसरे से बात की। हमने संगीत पर अपने विचार साझा किये। उन्हें मेरा गाना भी पसंद आया और मुझे उनका डांस भी पसंद आया। फिर हम लगभग रोज़ मिलते थे और एक-दूसरे के घर आते जाते थे। इस तरह हमें प्यार हो गया। वह बहुत आध्यात्मिक थे और प्रतिदिन योग भी करते थे। एक सुबह उसने मेरे सामने शादीका प्रस्ताव रखा और मैं सहमत हो गई । फिर हमने शादी कर ली।

बाद में हमारी शादी के बाद मिस्टर कॉक ने मुझे अपने चचेरे भाइ मिस्टर फॉक्स और चचेरी बहन मिस कैट से मिलवाया और फिर वे अक्सर हमारे घर आने लगे। हम तीनों अक्सर मिलते रहते थे।”

पुलिस, “ठीक है। हमने जानकारी जुटाई है कि मिस्टर कॉक के पास अकूत धन, संपत्ति और संपत्ति है। क्या आपको अपनी शादी से पहले इस सब के बारे में पता था? क्या इसीलिए आपने उनसे शादी की? या क्या आपको मिस्टर कॉक की संपत्ति से ईर्ष्या करने वाले किसी व्यक्ति पर कोई संदेह है?”

श्रीमती हेन, “सच कहूँ तो न तो उसने मुझे शादी से पहले बताया और न ही मैंने उसकी धन और संपत्ति के बारे में जानने की कोशिश की क्योंकि मेरे पास भी कहीं और बड़ी संपत्ति है और हम एक-दूसरे से बहुत प्यार करते थे। चचेरे भाइ बहन में ईर्ष्या...! मैं ऐसा नहीं सोचती क्योंकि वे सगे-संबंधी हैं। लेकिन मैं समजती हूं कि पुलिस को आगे की जांच करनी चाहिए और हमसे नहीं बल्कि मुर्दाघर मोर्चरी फ्रिज रूम कोल्ड स्टोरेज मुख्य कार्यालय समेत मिस्टर कॉक, मिस कैट और डॉ. आउल के पास के सभी संदिग्ध व्यक्तियों से आमने सामने सवाल करने चाहिए।"

पुलिस, "हम अपना काम कर रहे हैं। यदि आवश्यक हुआ तो हम इस मामले में किसी भी अन्य प्रश्न के लिए आपसे संपर्क करेंगे और आपको घटनाक्रम की जानकारी देंगे।"

पुलिस चली गई। उसके बाद डोर बेल बजी।

श्रीमती हेन ने दरवाज़ा खोला और मिस्टर फॉक्स आए।

मिस्टर फॉक्स, “ओह....! नहीं...! ओह...! नहीं... ! श्रीमती हेन...! मेरे प्रिय भाई कॉक के असामयिक निधन के बारे में सुनकर मुझे बहुत दुःख हुआ। दुःखद समाचार सुनकर मैं सचमुच स्तब्ध रह गया। ये सब कैसे हुआ? मिस कैट भी बहुत परेशान थी लेकिन दुर्भाग्य से उसे कुछ जरूरी काम था इसलिए वह बाद में आएगी, उसने आपके लिए एक सांत्वना संदेश दिया है।”

फॉक्स ने मिस्टर कॉक और मिसेज हेन की शादी के फोटो फ्रेम को देखा और चिल्लाए और बाद में कुछ देर बाद सामान्य हुए।

“मेरे प्यारे भाई कॉक!... तुमने हमें अचानक अकेला क्यों छोड़ दिया? आपके पास दुनिया की सारी दौलत और खुशियाँ थीं। लेकिन श्रीमती हेन...! चलो भी। आपने कहा था कि आप उन्हें अंतिम यात्रा पर ले जाने के लिए हमारा इंतजार कर रहे थे। चलिए ...!वह फिर कोल्ड स्टोरेज की ओर चलते हैं और उन्हें अंतिम सम्मान देते हैं ताकि मृत्यु के बाद की कानूनी औपचारिकताओं को जल्द पूरा किया जा सके।”

इसके बाद श्रीमती हेन ने उन्हें डेड बॉडी कोल्ड स्टोरेज से मिस्टर कॉक के लापता पार्थिव शरीर के बारे में सारी जानकारी दी और मामला स्पष्ट किया।

२. नए रिश्ते का प्रस्ताव

यह सुनकर मिस्टर फॉक्स भी बहुत परेशान हुए और गहरी सोच में पड़ गए। फिर उन्होंने श्रीमती हेन से पूछा,

"मैं समझता हूं कि डॉ. आउल के अनुसार उन्हें जबरदस्त कार्डियक अटैक आया था। शायद यही उनकी नियति थी लेकिन मिस्टर कॉक का मृत पार्थिव शरीर आख़िर कहाँ हो सकता है? यह मैं समझने में असफल रहा हूं। आपको लगता है कि आखिरी बार जब वह बाहर गए थे तो क्या वह अपने कोट की जेब में कोई मूल्यवान कागजात आदि अपने साथ ले गए थे?"

श्रीमती हेन, "नहीं। मैं कभी भी उस चीज़ का बारीकी से निरीक्षण नहीं करती थी की हरदम वह क्या अपने कोट और जेब में अपने साथ रखते थे। इसकी क्या सांठगांठ है? मैं तुम्हारा यह कथन समझ नहीं पाई। मैं अभी भी उसके हृदयाघात के बारे में आश्वस्त नहीं हूं और आप इसे खुशी से स्वीकार भी करते हैं। वैसे भी बहुत रात हो गई है। आप लंबी यात्रा से थक गए होंगे इसलिए कृपया आराम करें और दूसरे कमरे में जाकर सो जाएं। मैं अपने शयनकक्ष में सोऊंगी।"

मिस्टर फॉक्स यह सुनकर खुश नहीं हुएं।वह श्रीमती हेन अपने शयनकक्ष में प्रवेश कर जाने की प्रतीक्षा कर रहे थे। श्रीमती हेनने भीतर जाते वक्त ताला भी नहीं लगाया था। कुछ देर बाद उसने श्रीमती हेन के शयनकक्ष का दरवाज़ा खटखटाया और अंदर झाँका। मिस्टर फ़ॉक्स फिर धीरे से अपने बिल्लि कदम रखते शयनकक्ष के अंदर चले गए। श्रीमती हेन ने कभी इसकी कल्पना नहीं की थी। वह हैरान रह गईं। उस समय मिस्टर फ़ॉक्सने श्रीमती हेन से पुछा,

"देखें...श्रीमती हेन..! आप कमरे में अकेली हैं और मिस्टर कॉक के निधन के गहरे सदमे में भी हैं। हो सकता है कि या तो आपको अच्छी नींद न मिले या आप अपनी हाल की प्यारी यादों में खो जाएं। तो मैं क्या सोचता हूँ कि...... यदि आपको कोई आपत्ति न हो तो क्या मैं आपकी देखभाल करने के लिए और कुछ मुद्दों पर चर्चा करने के लिए कुछ दिनों के लिए आपके साथ आपके शयनकक्ष में रह सकता हूँ?"

श्रीमती हेन, “क्या आप पागल हैं...! मिस्टर कॉक ...! तुम्हारी हिम्मत कैसे हुई यह कहने की?”

मिस्टर फ़ॉक्स ने बताया, “देखो...! हो सकता है मैं आपकी कोई मदद कर सकता हूं। कृपया समझने का प्रयास करें।”

श्रीमती हेन (कुछ देर सोचने और आश्वस्त होने के बाद), “ठीक है। हो सकता है आप ठीक कह रहे हों। तब आ जाओ।”

मिस्टर फॉक्स और श्रीमती हेन दोनों एक ही बिस्तर पर विपरीत दिशा में मुंह रख कर सो गए और चर्चा करने लगे। श्रीमती हेन पिछले छह महीनों में उनके वैवाहिक जीवन की मधुर यादों में खो गई थी। उस वक्त अचानक श्रीमती हेनकी आँखों में आँसू आ गए और वह रोने लगी। मिस्टर फॉक्सने उसे बहुत समझाने की कोशिश की। फिर मिस्टर फॉक्सने नज़दिक जा कर श्रीमती हेनकी पीठ और गालोंको छुआ और कहा,

“देखो..... श्रीमती हेन...! इस दुनिया में कोई भी अपनी आखिरी सांसके बारे में निश्चित नहीं है। तो यह बस...मिस्टर कॉक की नियति थी। अब धीरे-धीरे आपको ये सब भूलने की जरूरत है। आइए...... !अब हम अपने बीच एक नए रिश्ते के बीज बोएं। आइए.....! हम अन्यथा बहुत अच्छे दोस्त रहे हैं और कभी नहीं जानते थे कि हमारे भविष्यमें क्या होगा। अब चूंकि आप अरबपति बन गई हैं तो आपको खुदको बहुत भाग्यशाली मानना चाहिए और अपना जीवन खुशी से जीना चाहिए....है ना? अब शांत होनेका प्रयास करें । मेरे पास तुमसे शादी करने का एक अच्छा विकल्प है। मैं तुम्हारे सामने शादीका प्रस्ताव रखता हूं। आप जानते हैं कि यद्यपि मैं उनका चचेरा भाई हूं और मेरे पास ज्यादा धन-संपत्ति नहीं है, यदि आप निर्णय लें और सहमत हों तो हम दोनों बहुत सुखी और शांतिपूर्ण जीवन जी सकते हैं। आपके लिए अकेले जीवन बिताना निश्चित रूप से कठिन, उबाऊ और नीरस होगा।”

श्रीमती हेनने उत्तर दिया, “सबसे पहले, कृपया स्पर्श न करें...! मिस्टर फॉक्स! मेरे सामने शादीका प्रस्ताव रखने की तुम्हारी हिम्मत कैसे हुई...? मैंने अभी तक इस बारे में कोई ठोस निर्णय नहीं लिया है कि मुझे अपना आगेका जीवन कैसे बिताना है और किसके साथ बिताना है...! इसलिए यह बेहतर होगा कि हम उस विषय पर चर्चा न करें।”

मिस्टर फॉक्स थोड़े परेशान हुए और उन्हें समझाने की और कोशिश की,

"देखो...! श्रीमती हेन...! मैं आपको विश्वास दिलाता हूं कि मैं आपको अपने जीवनमें बहुत खुश रखूंगा। आपको निर्णय लेने की आवश्यकता है क्योंकि धन, भूमि और संपत्ति के हस्तांतरण और उसके कुशलतापूर्वक और प्रभावी ढंग से प्रबंधनके लिए सभी कानूनी परेशानियोंके लिए, आपको किसी बहुत परिचित और बहुत करीबी, आपके प्रति वफादार व्यक्ति की मदद की आवश्यकता होगी।"

श्रीमती हेन, "मैं कानूनी मुद्दों के बारे में सब कुछ समझती हूं। ठीक है, आपकी विनम्र मदद सांत्वना के लिए.... बहुत धन्यवाद।"

श्रीमान फॉक्स (कठोर स्वर में अपना लहजा बदलते हुए),

"क्या मैं एक कड़वा सवाल पूछ सकता हूं कि मिस्टर कॉकने अपनी बीमा पॉलिसी कहां रखी है जो उसने अपने जीवन को सुरक्षित रखने के लिए मुझसे ली थी? मुझे आशा है कि उसमें नामांकन वही रहेगा? उस दावेका निपटारा कैसे होगा? इसके अलावा क्या मिस्टर कॉक ने अपनी आखिरी वसीयत बनाई थी?"

श्रीमती हेन, "हो सकता है कि उसके वकीलको इन सब के बारे में पता हो। मुझे इन सबके बारे में कोई जानकारी नहीं है। आप उसके बीमा दावे के लिए चिंतित हैं और मैं उसे खोकर बहुत दर्द में हूँ।"

मिस्टर फॉक्सने प्रतिक्रिया व्यक्त की, "ठीक है। धन्यवाद । आपकी शादी के समय और हमारे परिचय के बाद मैं समझता हूं कि आपके मन में मेरे लिए कुछ नरम रुख था। मुझे आशा है कि आपके मन में अब भी मेरे लिए वही भावना और प्यार है। मैं तुमसे प्यार करता हूँ और तुम्हें पसंद भी करता हूँ।"

श्रीमती हेन, "मिस्टर फॉक्स ...! कृपया ध्यान रखें कि मैं आपका सम्मान करती थी और आपसे कभी प्यार नहीं करती थी। इसलिए अभी कोई और चर्चा नहीं।"

श्रीमान फॉक्स, “आज आप बहुत उदास मूड नें हैं जो स्पष्ट है। इस प्रकार आपने मेरा सपना छीन लिया है...!श्रीमती हेन ..! तो क्या मैं तुम्हारे पास आकर कुछ आज़ादी लेने की कोशिश कर सकता हूँ...अगर तुम इजाज़त दो तो?”

श्रीमती हेन क्रोधित हो गई और उत्तर दिया, “नहीं...कृपया। आप जानते हैं कि मिस्टर कॉक के असामयिक निधन और उनके मृत शरीरके वर्तमान परिदृश्यमें मैं आपको कोई भी स्वतंत्रता देने के मूड में नहीं हूं। मुझे पहले खुद को सामान्य होने का प्रयास करने दीजिए। मैं मिस्टर कॉक से प्यार करती थी और वह भी मुझसे बहुत प्यार करते थे इसलिए मुझे इस सदमेसे बाहर आने में काफी समय लगेगा।”

मिस्टर फॉक्सने अपने आखिरी हथियारका इस्तेमाल किया और कहा, “अब क्या मेरे पास एक बहुत ही महत्वपूर्ण सवाल है कि क्या आपने मेरे चचेरे भाई मिस्टर कॉकसे सिर्फ उसकी संपत्ति, धन और संपत्तिका आनंद लेने के लिए शादी की थी? आपके जीवन में आने के बाद ही पता चला कि मिस्टर कॉक के पास अकूत धन-संपत्ति है और आपकी शादीके तुरंत बाद हमने अपने चचेरे भाई को खो दिया !”

श्रीमती हेन, “मिस्टर फॉक्स...! मैं एक स्वाभिमानी व्यक्ति हूं। इसलिए मेरे इरादे के बारे में कुछ भी अन्यथा मत सोचिए कि मेरी मिस्टर कॉक से शादी क्यों हुई और अचानक उनका निधन हो गया। कृपया ध्यान दें और ध्यान रखें कि मिस्टर कॉक के आकस्मिक निधन और सिर्फ धन, जमीन, और संपत्ति के स्वार्थके लिए मेरी उनसे शादी करनेका कोई संबंध नहीं है। आप जानते हैं कि आप इस तरह मुझ पर आरोप लगा रहे हैं।”

मिस्टर फॉक्स ने श्रीमती हेन के गुस्से को शांत करने की कोशिश की और प्रतिक्रिया व्यक्त की, “ओह...! नहीं...! वास्तव में मेरा वह मतलब नहीं है, लेकिन आपके दिमाग में कुछ ऐसा है जिसे खारिज करना भी आवश्यक हैं। तो हमें अपराधी को ढूँढना हैं... जो अब हमारा साझा लक्ष्य है।”

श्रीमती हेन ने आगे कहा, “आज के लिए इतना ही काफी है... मिस्टर फॉक्स..! चलिए सो जाते हैं। मुझे इस बातकी ज्यादा चिंता है कि आखिरकार मिस्टर कॉक की लाश कहां होगी और किसीने यह सब क्यों किया होगा?”

जाहिर तौर पर उन दोनोंको गहरी नींद नहीं आई। उन्हें नींद की झपकी आने में समय लगा। सुबह हो चुकी थी और वे दोनों फ्रेश हुए । अगले दिन सुबह-सुबह मिस्टर फॉक्स अलग कमरे में दूरदर्शन में समाचार देख रहे थे जबकि श्रीमती हेन नहा रही थीं। उन्होंने मिस्टर कॉकके बारे में समाचार दूरदर्शन में देखा और समज गए की यह मामला अब हर जगह चर्चा का विषय है। मिस्टर फॉक्स बाथरूम की ओर भागे और श्रीमती हेन को इस बारे में सूचित करने के लिए लगभग दरवाजे को धक्का भी दे दिया।

श्रीमती हेनने मिस्टर फॉक्सके इरादेको जानकर पूरी सावधानी बरती। जैसे ही वह स्नान करने के बाद बाहर आई तो श्रीमती हेनने भी दूरदर्शन में समाचार और स्थिति की गंभीरता को देखा। वह गहरी चिंता करने लगी।

मिस्टर फॉक्स, “क्या आपको नहीं लगता कि हम मिस्टर कॉक के सामानकी जाँच कर ले और उनकी बैंक में भी जाते हैं। और वहां जाकर देख सकते हैं कि उनके बैंक लॉकर में क्या क्या है? यह संभव है हमें कुछ महत्वपूर्ण चीज़ मिल सकती है। बहुत संभव है कि उनका बैंक लॉकर खाता जब्त कर लिया जाए।”

श्रीमती हेन (चिढ़ते हुए), “कृपया पहले हमें उसका शव ढूंढ़ने दीजिए और उसका संशोधन करने दीजिए। तब तक मैं इस तरहकी किसी भी बात पर चर्चा करने के मूडमें नहीं हूं।”

दोनोंने कॉफी और नाश्ता किया। अचानक मिस्टर फॉक्स को एहसास हुआ कि पुलिसने कल चर्चा के दौरान मिस्टर कॉक के वॉलेट और मोबाइलको अपने कब्जेमें ले लिया था।

उसने मिस्टर फॉक्स से कहा, “मैं समझती हूं कि पुलिसने उसके मोबाइलमें जरूर जांच की होगी कि कल दोपहर में घर से निकलने से पहले उसने आखिरी बार किससे बात की थी। दूसरा... मुझे यह भी पता नहीं है कि उसके बटुए में आखिरी बार उसके पास कितनी नकद राशि थी और उसके सभी बैंकिंग कार्डों की स्थिति क्या थी।”

मिस्टर फॉक्स, “क्या आपको किसी पर कोई संदेह है, श्रीमती हेन.....? क्या यही आपका मतलब है?”

श्रीमती हेन, “वास्तव में हमारे संदेहको साबित करने के लिए कुछ अभिलेखों की जाँचकी जानी चाहिए।”

श्री फॉक्स, “आपका मतलब किस प्रकार के रिकॉर्ड से है?”

श्रीमती। हेन, “न केवल रिकॉर्ड बल्कि कुछ रिकॉर्डिंग भी।”

मिस्टर फॉक्स हैरान थे और वह कुछ समय के लिए श्रीमती हेन के बारे में अन्यथा सोचने लगे। लेकिन उन्होंने चुप रहना ही बेहतर समझा। तभी अचानक दरवाजे की घंटी बजी। श्रीमती हेनने दरवाज़ा खोला और वहां पुलिसको देखकर आश्चर्यचकित रह गईं।पुलिस (दलबल के साथ) कमरे में प्रवेश करने और अंदर से दरवाजा बंद करने के बाद,

“श्रीमती हेन ..! हमारा फोरेंसिक विभाग अभी भी मिस्टर कॉक के बटुए और मोबाइल की जांच और सबूत इकट्ठा करने के काममें लगा हुआ है। बहुत संभव है कि हमें वहां से कुछ सुराग मिल जाये । क्या आप जानते हैं कि आपकी शादी कब हुई थी छह महीने पहले मिस्टर कॉक को बताया था कि उनके पास बहुत सारी संपत्ति है?”

श्रीमती हेन, “मैं बार-बार दोहराती हूं कि मैंने मिस्टर कॉक से उनके शुद्ध प्रेम के लिए शादी की है, न कि उनकी संपत्ति के लिए। मैं उनसे प्यार करती थी और मुझें नहीं पता की न जाने क्या-क्या उनके पास कितनी संपत्ति है? यहां तक कि आज भी मैं कभी भी उसके मामले में हस्तक्षेप नहीं करती और न ही इस बात पर चर्चा करती हूं कि उसकी संपत्ति कितनी है.. सर...!”

पुलिस ने आगे कहा, “'लेकिन इस बीच हमारे पास मिस्टर फॉक्स और मिस कैट से पूछने के लिए भी कुछ प्रश्न हैं। क्या आप मिस्टर फॉक्स को जानते हैं? हम उसे कहां ढूँढ़ सकते हैं?”

श्रीमती हेन (मिस्टर फॉक्स की ओर उंगली दिखाते हुए),

“ओह...! मिस्टर फॉक्स यहां हैं। वह मिस्टर कॉक के चचेरे भाई हैं। मिस कैट एक दिन के भीतर यहां आ सकती है।”

पुलिसने मिस्टर फॉक्स से पूछा, "ओह...! ठीक है.. तो आप मिस्टर फॉक्स हैं? क्या आप जानते हैं कि मिस्टर कॉक का कोई दुश्मन था या क्या आपको मिस्टर कॉक के किसी के साथ हुए आखिरी झगड़े के बारे में पता है?"

मिस्टर फॉक्स, "नहीं सर..! मिस्टर कॉक इतने प्रतिभाशाली व्यक्ति थे और बहुत विनम्र, और शांत स्वभाव के थे कि मेरी रायमें शायद ही उनका कोई दुश्मन हो या किसी से झगड़ा हो।"

पुलिस ने पूछा, "क्या आप जानते हैं मिस्टर कॉक अपनी सारी संपत्ति अकेले या किसी के साथ संयुक्त रूपसे अपने नाम पर रखते हैं?"

मिस्टर फ़ॉक्सने उत्तर दिया, "सर...! शादी से पहले उनके पास सारी संपत्ति अपने ही नाम पर थी, लेकिन शादी के बाद मुझे कोई अंदाज़ा नहीं है..! श्रीमती हेन शायद उस पर और अधिक प्रकाश डाल सके?"

श्रीमती हेन ने टोकते हुए कहा, "सर...! यदि संयोग वश उन्होंने इसे संयुक्त रूप से बनाया है... तो मुझे इस बात की जानकारी नहीं है... हमें उपयुक्त कार्यालयों में... कृपया प्रासंगिक रिकॉर्ड खोजने की जरूरत है। लेकिन मैं एक बात स्पष्ट कर दूं कि मैं उसकी संपत्ति के पीछे बिल्कुल भी नहीं हूं क्योंकि हम दोनों एक-दूसरे से सच्चे दिल से और बिना किसी स्वार्थ के प्यार करते थे।"

कुछ और सवाल पूछने के बाद पुलिसने मिस्टर फॉक्स और मिसेज हेन दोनों की उंगलियों के निशान और पैरों के निशान ले लिए। फिर पुलिस चली गई। मिस्टर फॉक्स परेशान हो गए और उसने श्रीमती हेनसे कहा,

"मुझे कुछ जरूरी काम है इसलिए मैं वापस जाना चाहूंगा।" फिर वह भी चले गए।

३. चालाक मिस कैट

श्रीमती हेन कुर्सी पर बैठी हुई गहरी सोच में थी। अचानक वहाँ एक घंटी बजी। उसने दरवाजा खोला। उसने वहां मिस कैट को देखा। श्रीमती हेन ने उसे कमरे में प्रवेश करने दिया। मिस कैट ने तुरंत श्रीमती हेन को गले लगाया और चिल्लाई। श्रीमती हेन किसी तरह उसे शांत रखने में कामयाब रहीं।

मिस कैट को एक गिलास पानी और बाद में एक कप कॉफी देने के बाद वह सामान्य स्थिति में आ गईं। ऐसे में मिस कैट की आँखों में शायद ही कोई आँसू थे।

मिस कैट (चुप्पी तोड़ते के बाद), "मैंने सबसे अमीर भाई को खो दिया। वह मुझसे बहुत प्यार करता था। हर जन्मदिन पर वह मुझसे पूछते थे कि मुझे क्या चाहिए और चाहे वह कितना भी महंगा क्यों न हो, वह मुझे वह उपहार देते थे। अब मैं किससे पूछूँ?" वह फिर से चिल्लाने लगी।

श्रीमती हेन (मिस कैट की चिल्लाहट रोकने की कोशिश करते हुए), "देखो.. मिस कैट..! हमारे हाथ में कुछ भी नहीं है। हम सभी हमेशा चाहते थे कि मिस्टर कॉक हमारे साथ रहें लेकिन अब यह हमारी नियति है और नहीं तो क्या...!"

मिस कैट ने बदले हुए स्वभाव के साथ हस्तक्षेप किया, "देखें...! श्रीमती हेन...! समझने की कोशिश करो । मिस्टर कॉक हमारे चचेरे भाई थे। मिस्टर फ़ॉक्स भी उन्हें बहुत याद करेंगे। हमारा प्यार भरा रिश्ता पहले से ही था। लेकिन अचानक आप उसकी जिंदगी में आए और देखते ही देखते ये सब हो गया। अब बताओ उसके द्वारा बनाई गई वसीयत कहां है? मिस्टर कॉक हमेशा मुझसे कहते थे कि जब भी वह अपनी वसीयत बनाएंगे तो धन, दौलत और संपत्ति में अपना पचाश प्रतिशत हिस्सा मुझे और मिस्टर फॉक्स को जरूर देंगे। तो बस आपसे यह पूछने के लिए कि क्या मुझे उसकी वसीयत की एक प्रतिलिपि मिल सकती है?"

श्रीमती हेन क्रोधित हो गईं और प्रतिक्रिया व्यक्त की,

"क्या बकवास है...? उन्होंने मुझे कभी नहीं बताया कि उन्होंने अपनी वसीयत बनाई है, इसलिए आपके और मिस्टर फॉक्स के हिस्से का कोई सवाल ही नहीं है। दरअसल मुझे कभी नहीं पता था कि उसके पास इतनी विशाल संपत्ति भी है। हमारा प्यार बहुत पवित्र और पारदर्शी था। मैं भी इसी तरह से तुम दोनों लोगों को समान रूप से दोषी ठहरा सकती हूँ।"

मिस कैट ने अपना स्वर ऊंचा करते हुए कहा, "आपका इस विषय पर उग्र हो जाना ही इस बात का प्रमाण है कि आप यह छिपा रही हैं कि मिस्टर कॉक ने अपनी वसीयत बनाई है, लेकिन आप इस बात को छुपाना चाहती है।"

श्रीमती हेन(खुद को नियंत्रित करने की कोशिश करते हुए), "देखो....!मिस कैट...! भगवान के लिए कृपया ऐसा कोई प्रश्न न पूछें जिसके बारे में मुझे जानकारी न हो।"

मिस कैट (यह सुनिश्चित करते हुए कि कोई वसीयत नहीं बनी है) शांत हो जाती है और विषय बदल देती है। वह खुद को नियंत्रित करती है और बाद में चुप्पी तोड़ते हुए अचानक हल्के मीठे स्वर में बदल जाती है और कहती है,

"देखें...! श्रीमती हेन...! मैं आपको समझती हूं। मैं भी उसी दुःख की घड़ी में हूं, जब मैं भैया कॉक को खो रही हूं। वैसे भी इन सबके लिए मुझे खेद है... आइए..! भैया कॉक की कुछ मीठी यादों पर चर्चा करते हैं।"

फिर दोनों काफी देर तक बैठे रहे और मिस्टर कॉक के साथ बिताए कुछ यादगार पलों के बारे में बातें करते रहे।

अचानक मिस कैट के मोबाइल पर कॉल आती है। वह दूर जाकर अटेंड करती है और दूसरे कमरे में जाकर धीरे से बोलती है, "हां...! मिस्टर फॉक्स...! मैं आपके ही कार्य में लगी हुई हूं। मैं केवल आपसे संपर्क करने का प्रयास कर रही हूँ! लेकिन ऐसा लगता है कि मिस्टर कॉक ने अपनी वसीयत नहीं बनाई।"
श्रीमती हेन को इस बातचीत के बारे में पता नहीं था क्योंकि वह भी क्लॉक रूम में गई थीं। कॉल पूरी करने के बाद मिस कैट श्रीमती हेन के पास बैठ गईं।

श्रीमती हेन ने फिर कहा, "पिछली रात मुझे गहरी नींद नहीं आई इसलिए मैं बेचैन हो रही हूँ।"

इस सुनहरे अवसर को उठाते हुए मिस कैट ने उसे प्रेरित करते हुए कहा,

"देखो..! मेरे पास नींद की गोली है और तुम्हें अच्छी नींद आएगी। क्या मैं तुम्हें वह गोली दे सकती हूँ?"

श्रीमती हेन इसके लिए सहमत हो गईं और उन्होंने उस गोली को पानी के साथ ले लिया और फिर कुछ देर बाद सो गईं।

मिस कैट तो बस उस समय का ही इंतज़ार कर रही थी। जिस समय श्रीमती हेन गहरी नींद में थीं, वह रसोई में गईं और गिलास में दूध लिया फिर दूसरे कमरे में मेज की दराज में कुछ दस्तावेज़ खोजने लगीं। वहाँ उसे वह कुछ भी नहीं मिला जो वह खोज रही थी। लेकिन उसे अलमारी की चाबियाँ मिल गईं और उसने उसे खोल दिया। उसने जल्दी से खोजा और नकली आभूषण बॉक्स खोला। केवल मिस्टर कॉक के बड़े बटुए के अलावा उसे वहां कुछ भी नहीं मिला। ठीक उसी समय श्रीमती हेन को मिस्टर कॉक का भयानक सपना आया और वह चिल्लाकर गहरी नींद से जाग गई। तभी मिस कैट के हाथ से दूध का वह गिलास नीचे गिर गया। आवाज सुनकर श्रीमती हेन वहां पहुंचीं और मिस कैट को मिस्टर कॉक के बड़े बटुए के साथ देखकर चौंक गईं। उसने मिस कैट को लगभग एक जोरदार तमाचा जड़ दिया और गुस्से से बोली,

"मिस कैट....! तुम बहुत मूर्ख और धूर्त हो। मुझे नींद की गोली देने का आपका इरादा पता था। हमारी अलमारी और ज्वेलरी बॉक्स को छूने की तुम्हारी हिम्मत कैसे हुई? यहाँ से चले जाओ और यह बड़ा बटुआ मुझे सौंप दो।"

इसके बाद मिस कैट ने तर्क दिया, "आप मिस्टर फॉक्स को बता रहे थे कि पुलिस ने मिस्टर कॉक का वॉलेट और मोबाइल ले लिया है। कहीं आप भी झूठ तो नहीं बोल रहे, ये रहा उसका बटुआ ..!"

श्रीमती हेन ने अपने सिर पर हाथ रखते हुए कहा, "सुनो! मिस्टर कॉक के पास दो बटुए हैं। वह अपनी जेब में हमेशा छोटा बटुआ रखते थे जिसका

मैंने उल्लेख किया था, आप समझ गईं? मैं ऐसी सभी बातें सार्वजनिक नहीं करना चाहती, नहीं तो हमारी निजी बातें सबको पता चल जाएंगी। लेकिन मिस कैट, मैंने आपसे ये सब कभी उम्मीद नहीं की थी।"

मिस कैट (यह जानते हुए कि बात में कोई मोड़ है), "ठीक है। बहुत खेद है श्रीमती हेन....! लेकिन मेरा इरादा भी आपको आश्चर्यचकित करना था और मिस्टर कॉक के बारे में सुराग प्राप्त करने में मदद करना था।"

श्रीमती हेन, "मुझे पता है कि आप उनकी वसीयत ढूंढने के लिए बेताब हैं, लेकिन कृपया सूचित रहें कि मेरी जानकारी के अनुसार मिस्टर कॉक ने ऐसी कोई वसीयत नहीं बनाई है। बस यह समझने की कोशिश करें कि क्या उसे कभी पता था कि उसका जीवन इतना छोटा होगा? फिर मिस्टर कॉक ने अपनी वसीयत को अंजाम भी क्यों दिया होगा? ये सब इतनी तेजी से हुआ कि मैं भी स्तब्ध हूं और दिशाहीन हो रही हूं।"

मिस कैट ने आरोप को स्पष्ट करने की कोशिश की, "'नहीं...नहीं...! श्रीमती हेन...! कृपया आश्वस्त रहें कि मेरा भी उसकी वसीयत प्राप्त करने का ऐसा कोई इरादा नहीं है। यह किसी भी इंसान के लिए सिर्फ एक जिज्ञासा थी, उसकी चचेरी बहन होने के अलावा और कुछ नहीं, खासकर तब जब उन्होंने मुझे अपनी सारी संपत्ति का पचाश प्रतिशत हिस्सा देने का वादा किया था।"

श्रीमती हेन, "फिर से आप गलत हैं। बहुत विनम्र और संवेदनशील व्यक्ति होने के नाते उन्होंने आपको अपना आधा हिस्सा देने की बात कही होगी लेकिन जरा इसे व्यावहारिक रूप से समझने की कोशिश करें....! क्या कोई भाई ऐसा करेगा, खासकर तब जब आप और मिस्टर फॉक्स उसके सगे भाई-बहन नहीं बल्कि हैं इस प्रकार उसके चचेरे भाई और चचेरी बहन हैं, वास्तविक सगे रिश्तेदार नहीं हैं, फिर उसे कानूनी रूप से आपके साथ साझा क्यों करना चाहिए?"

मिस कैट ने सोचा कि इस मामले से रिश्ते में कड़वाहट आ सकती है इसलिए उन्होंने विनम्रता से बात को नरमी दे दी,

"देखो। श्रीमती हेन ! आप जानती हैं कि हम दोनों भाई-बहन वर्तमान परिदृश्य में आपकी मदद करना चाहते हैं।"

उन्होंने स्वार्थवश विषय को तोड़-मरोड़कर विषय बदला और कहा,

“ये सब भूल जाओ। चलो भी.....। चलो कुछ खाना खा लेते हैं।” फिर उसने फ्रिज खोला और कुछ खाना निकाला। दोनों ने खाना खाया और नींद आने लगी। वे अलग कमरे में आराम करने चले गए।

शाम को फिर पुलिस का फोन आया। पुलिस दलबल के साथ घर आ गईं पुलिस ने श्रीमती हेन से पूछा,

“हमारे फोरेंसिक विभागने मिस्टर कॉक के मोबाइल की जाँच की है, लेकिन उन्होंने देखा कि उक्त मोबाइल फ़ैक्टरी मोड पर सेट था, इसलिए कोई डेटा और सबूत पुनर्प्राप्त या एकत्र नहीं किया जा सका। वे अब क्लाउड से डेटा पुनर्प्राप्ति के लिए मोबाइल कंपनी से संपर्क कर रहे हैं। लेकिन ये वाकई बुरी खबर है। वैसे भी हम मिस कैट के फिंगर प्रिंट और फुट मार्क प्रिंट लेने आए हैं, क्या वह यहाँ आई है जैसा कि आप दूसरे दिन बता रही थी?”

मोबाइल डेटा खो जाने की बात सुनकर मिसेज हेन बहुत दुःखी हुईं और फिर धीमी आवाज में बोलीं, “सर, आपके सामने ही मिस कैट हैं।”

पुलिस ने मिस कैट को समझाकर उसके फिंगर प्रिंट और फुट मार्क प्रिंट भी ले लिए।

मिस कैट ने चिंतित होकर दूसरे कमरे के अंधेरे कोने से बहुत धीमी आवाज में मिस्टर फॉक्स को फ़ोन लगाया ताकि श्रीमती हेन सुन न सकें,

“प्रिय भाई फॉक्स...! मैंने अलमारी से मिस्टर कॉक के वॉलेट और मोबाइल का पता लगाने की कोशिश की। मुझे उसका बड़ा बटुआ मिला लेकिन इसी बीच श्रीमती हेन अपने डरावने सपने में चिल्लाईं और उन्होंने मुझे ऐसी हालत में देखा कि अलमारी खोली हुई थी और मुझे उनका बड़ा बटुआ मिला। इसलिए मैंने इसे बिना खोले ही वापस रख दिया है। वैसे भी आप यहां कब आने वाले हैं, प्रिय भाई फॉक्स...! पुलिस भी यहां आई थी और उन्होंने मेरी उंगलियों के निशान और पैरों के निशान भी ले लिए।”
मिस्टर फ़ॉक्स ने उत्तर दिया, “ठीक है। किसी भी तरह, मैं मिस्टर कॉक के घर वापस आ रहा हूँ। आप वहीं रुको।”

कुछ देर बाद मिस्टर फॉक्स कुछ तैयार भोजन लेकर पहुंचे और उन तीनों ने वही खाया। फिर उन्होंने बीच बीचमे मिस्टर कॉक के बारे में चर्चा की।

इसके बाद एक अन्य पुलिस दलबल प्रशिक्षित कुत्ते के साथ पहुंचा और श्रीमती हेन से अनुमति लेकर प्रशिक्षित कुत्ते को सभी कमरों में मिस्टर कॉक के बारे में कोई सुराग ढूंढने के लिए सूंघने दिया। श्रीमती हेन इस पर सहमत हुईं। इसके बाद पुलिस दस्ते ने प्रशिक्षित कुत्ते को तलाशी लेने दी।

अचानक तालीम लिया हुआ कुत्ता घर के एक स्थान पर, जो पिछवाड़े की खिड़की के पास था, रुक गया और जोर-जोर से भौंकने लगा। पुलिस दलबल भी हैरान रह गया। उन्होंने वहां कई चीजें चेक कीं लेकिन उन्हें लगा कि शायद ये मिस्टर कॉक के पैरों के निशान ही हो सकते हैं। जब पुलिस दलबल लौट रहा था तो प्रशिक्षित कुत्ता फिर से घर के पिछवाड़े में भाग गया और भौंकने लगा।

पुलिस ने वहां पैरों के निशान ले लिए, लेकिन दोबारा पुलिस को वहां कुछ भी ठोस पदचिह्न नहीं मिले। फिर पुलिस दलबल के साथ चली गई ।

मिस्टर फॉक्स और मिस कैट भी देर शाम श्रीमती हेन को वहाँ अकेली छोड़कर चले गए।

४. अदृश्य कदम

श्रीमती हेन थकी हुई थीं और उन्हें बहुत नींद आ रही थी। वह अपने शयनकक्ष में जाकर सो गई। लगभग आधे घंटे बाद उसे घर के पिछवाड़े के दरवाजे की ओर कुछ आवाज़ सुनाई दी।

उक्त शोर सुनकर वह जाग गई और आश्चर्यचकित हो गई कि पिछवाड़े का दरवाजा किसने खोला होगा? उसने चारों कमरों के अंदर जांच की कि कहीं कोई बुरी नियत से तो घर में नहीं घुस आया है! गहन विचार के बाद उसे विश्वास हुआ कि शायद पुलिस दलबल ने पिछवाड़े का दरवाज़ा खुला छोड़ दिया होगा और शायद उसे बंद करना भूल गए होंगे। यहां तक कि वह कथित पिछवाड़े के दरवाजे को विविध प्रकार से जांच करना भी भूल गई होगी।

फिर वह अपने शयनकक्ष में लौट आई और पिछवाड़े का दरवाज़ा बंद करके सो गई। अगले दिन सुबह श्रीमती हेन उठीं और फ्रेश भी हुईं। वह यह जानकर फिर चौंक गई कि फ्रिज का दरवाज़ा खुला था और यहाँ तक कि मुख्य दरवाज़ा भी खुला था। वह सचमुच लगभग बेहोश हो गई थी।

लगभग आधे घंटे के बाद ही श्रीमती हेन को होश आया। उसने कुछ बहुत ही जर्जर कदमों के निशान देखे और बहुत चिंतित हुई।

श्रीमती हेन सचमुच डरी हुई थीं और सोच रही थीं कि इन सबके बारे में किससे बात करें। उसने इस बार निश्चय कर लिया कि वह इन सबके बारे में मिस्टर फॉक्स और मिस कैट को नहीं बताएगी।

आख़िरकार उसने पुलिस को फ़ोन करके सारी जानकारी दी। इसके बाद पुलिस उसके घर पहुंची। पुलिस ने फिर से फ्रिज के हैंडल, पिछवाड़े के दरवाजे और घर के अंदर से खुलने वाले मुख्य दरवाजे पर निशान लिए। पुलिस का मानना था कि गलती से खुले पिछवाड़े के दरवाजे का फायदा उठाकर कोई घर में आया होगा और भाग भी गया होगा। पुलिस आश्चर्यचकित थी कि जैसा कि श्रीमती हेन ने बताया था, घर से एक भी चीज़ चोरी नहीं हुई थी, इसलिए संभवतः चोर के अलावा कोई और भी हो सकता

है। इसके अलावा पुलिस यह देखकर दंग रह गई कि पैरों के निशान भी अपने आप गायब हो गए।

श्रीमती हेन अपने घर में अदृश्य क़दमों से चिंतित थीं। इसके बाद पुलिस इसे अपने रिकॉर्ड पर नोट करती चली गई।

इसके बाद मिसेज हेन ने अलमारी खोली और मिस्टर कॉक का सारा सामान तलाशा। उसने देखा कि सब कुछ बहुत सुरक्षित स्थिति में था। फिर वह निश्चिंत हो गई। वह अपने लिए चाय बनाने गई लेकिन दूध का बर्तन खाली था। उसे यकीन था कि उसने दूध का बर्तन भरकर रखा था लेकिन फिर वह दूध कहां गया? किसने इसका सेवन किया होगा? उसने सोचा कि शायद मिस्टर फॉक्स और मिस कैट ने लौटने से पहले दूध पीया होगा। फिर उसने बाहर जाकर कुछ आवश्यक किराने का सामान खरीदने के बारे में सोचा। वह इसी उद्देश्य से बाहर गई थी। वह डिपार्टमेंटल स्टोर में गई और सभी आवश्यक किराने की चीजें खरीदीं।

वह लौटते समय यह देखकर चौंक गई कि कोई उसका पीछा कर रहा था। वह एकदम पीछे मुड़ी लेकिन वहां कोई नहीं था। चलते समय उसे फिर महसूस हुआ लेकिन नतीजा शून्य रहा। श्रीमती हेन भयभीत हो गई कि अवश्य ही कोई उसका पीछा कर रहा है।

वह घर आई और सारा किराना सामान व्यवस्थित किया। बाद में चाय और नाश्ता करने के बाद उसने फिर से पिछवाड़े में जाने की सोची। पिछवाड़े में जाकर वह डर के मारे चिल्लाने लगी।

"अरे नहीं....! इन सभी पौधों में पानी किसने डाला...! वह भी मेरी अनुपस्थिति में ? हे भगवान..! हे भगवान..! कृपया मुझे बचा लीजिये......।"

तभी अचानक मुख्य दरवाजे की घंटी बजी। वह तभी वहां पहुंची और मुख्य दरवाजा खोल दिया। उसने बूढ़ी औरत को देखा। उसने कहा,

"हैलो...! श्रीमती हेन...! मैं बिल्कुल बगल वाली बिल्डिंग में रहती हूं और आपकी पड़ोसी हूं। मेरा नाम श्रीमती स्क्रिरेल है। मेरा बेटा स्टेशन से बाहर गया है और मैं कुछ दिनों से अकेली हूँ। तो मैं आपसे विनम्र निवेदन करती हूं कि आप मेरे घर आएं और मेरे साथ रहें।"

श्रीमती हेन ने कुछ देर सोचा और शांत भाव से उत्तर दिया, "जी...! बहुत धन्यवाद। आपसे मिलकर अच्छा लगा। चूँकि मैं भी कुछ दिनों के लिए अकेली हूँ। वैकल्पिक रूप से क्या मैं आपसे विनम्र निवेदन कर सकती हूँ कि कृपया कुछ दिनों के लिए यहाँ आप मेरे साथ रहने आएँ? मैं हृदय से आपकी आभारी रहूँगी।"

श्रीमती स्क्रिरेल (वास्तव में यही चाहती थीं) सहमत हुईं, "हां...हां...! यह एक ही बात है। मैं बस पांच मिनट के भीतर तुम्हारे घर रहने आ जाऊंगी।"

श्रीमती हेन ने ख़ुशी से कहा, "आप बहुत अच्छी हैं। मैं आपका इंतजार करूंगी। श्रीमती हेन प्रसन्न हुईं और अपने डर पर काबू पा सकीं।"

कुछ देर बाद श्रीमती स्क्रिरेल लगभग खाली हाथ आईं। श्रीमती हेन ने श्रीमती स्क्रिरेल से कॉफी और कुछ नास्ता के लिए पूछा लेकिन उन्होंने उत्तर दिया, "नहीं। नहीं। बहुत धन्यवाद। मेरे पास ये सब है। मैं आमतौर पर इस समय कुछ भी नहीं खाती तो आप चिन्तित न हो।"

इसके बाद श्रीमती हेन ने अकेले ही कॉफ़ी और कुछ नास्ता आदि लिए। पूरा दिन घर की सफ़ाई में बीत गया। श्रीमती स्क्रिरेल को घर के चक्कर लगाते देखा गया। श्रीमती हेन और श्रीमती स्क्रिरेल दोनों दो दिनों तक एक साथ रहीं और यह दूसरी रात थी। अगले दिन सुबह......!

श्रीमती स्क्रिरेल ने श्रीमती हेन से कहा, "श्रीमती हेन...! तुम यह क्यों कहते हो कि तुम घर में अकेली हो? जब मैं रात में पानी के लिए उठती थी और शौचालय जाती थी तो मैंने एक सज्जन को घर का चक्कर लगाते देखा।"

श्रीमती हेन यह सुनकर दंग रह गईं।

उसने प्रतिक्रिया व्यक्त की, "नहीं.....! यह असंभव है। दरअसल मेरे पति मिस्टर कॉक का निधन हो गया है और मैं घर में अकेली हूं। आप किसी गलत धारणा में हैं।"

श्रीमती स्क्रिरल अक्सर दूसरे कमरे में जाकर अलमारी की तलाश करती रहती थी। एक समय श्रीमती हेन को संदेह हुआ और वे उनके पीछे चल

दीं। लेकिन उस वक्त मिसेज स्किरल किचन में नजर आती थीं। श्रीमती हेन आश्चर्यचकित थीं।

उसे कुछ संदेह होने लगा। आख़िरकार जब उसने श्रीमती स्किरेल को घर के चक्कर लगाते देखा। बाद में वह गहरी नींद में चली गई।

श्रीमती स्किरलने कोई उत्तर नहीं दिया और शांत रहीं। श्रीमती स्किरल अलग-अलग कमरे में घूम रही थी और बीच-बीच में कुछ खाने योग्य खा लेती थी और पानी इत्यादि पी भी लेती थी। उस रात के बाद से श्रीमती स्किरेल घर में दिखाई नहीं दीं।

अगले दिन सुबह-सुबह श्रीमती हेन ने फिर उसे खोजने की कोशिश की। वह पिछवाड़े के दरवाज़े पर भी गई और चिल्लाकर उसे बुलाया। फिर वह यह पुष्टि करने के लिए पड़ोसी के घर की ओर निकली कि श्रीमती स्किरल सुरक्षित अपने घर पहुँच गई है या नहीं। जब उसने पड़ोसी के घर में दरवाज़े की घंटी बजाई तो एक युवक ने दरवाज़ा खोला और श्रीमती हेन का स्वागत किया और कहा,

"हाँ।" बताओ मैडम मैं आपकी कैसे मदद कर सकता हूँ...!”

श्रीमती हेन ने कहा, “नहीं.....!मैं सिर्फ यह पुष्टि करने आई हूं कि श्रीमती स्किरेल आपके घर सुरक्षित पहुंच गई हैं या नहीं, क्योंकि पिछले दो दिनों से हम साथ रहे और अच्छा समय बिताया। उसने कहा कि उसका बेटा स्टेशन से बाहर गया है और क्या वह मेरे घर पर रुक सकती है। लेकिन मैंने एक वैकल्पिक प्रस्ताव रखा कि वह मेरे साथ आकर क्यों नहीं रहती? क्योंकि मैं भी अकेली हूं और मेरे पति मिस्टर कॉक का कुछ दिन पहले ही निधन हो गया है।”

यह सुनकर वह युवक चौंक गया और उसने श्रीमती हेन को बहुत धीरे से उत्तर दिया, “देखो। महोदया...! यदि आप श्रीमती स्किरेल के बारे में बात कर रही हैं... तो मुझे यह कहते हुए बहोत खेद हो रहा है कि उनका तीन महीने पहले निधन हो गया था। वह आपसे कैसे संपर्क कर सकती है..? मैं हैरान हूँ ! हो सकता है आपकी मुलाकात किसी और महिला से हुई हो शायद !”

श्रीमती हेन इतनी डर गईं कि वह सीधे अपने घर लौट आईं और सो गईं। लेकिन डर के कारण श्रीमती हेन को अच्छी नींद नहीं आ पाती थी। उसने अपनी तरफ से पूरी कोशिश की। वह मिसेज स्क्विरेल के ख्यालों से बाहर नहीं आ पा रही थी। वह सोचने लगी कि क्या यह घर जीवित भूतों का स्थान बन गया है क्या?

५. श्रीमती हेन अपने फ्लैशबैक में

श्रीमती हेन सचमुच मिस्टर कॉक को याद कर रही थीं और साथ ही भूतों की उपस्थिति से भी डर रही थीं। वह अपने बिस्तर पर सो रही थी और जिस दिन वह पहली बार मिस्टर कॉक से मिली थी, उसी दिनसे वह अपने फ्लैशबैक में अपने हाल के अतीत के बारे में सोचने लगी थी।

XXXXXXXXXXXXXXXXXX

एक बार डिपार्टमेंटल स्टोर से अपने कपड़े खरीदने के बाद श्रीमती हेन अपने पर्स में अपना बैंकिंग कार्ड खोज रही थीं। वह अपने लिए एक नया पर्स खरीदने और बैंकिंग कार्ड को नए पर्स में स्थानांतरित करने के बाद उसे ले जाना भूल जाने से परेशान थी। वह बिलिंग विभागको यह बताकर समझाने की कोशिश कर रही थी कि वह गलती से अपने बैंकिंग कार्ड ले जाना भूल गई है और अपने कपड़ों की खरीदारी रद्द कर देना चाहती है। ठीक उस समय मिस्टर कॉक ही कतार में उसके ठीक पीछे थे और श्रीमती हेन को उसी बात पर परेशान होते हुए देख रहे थे। वह बस आगे आए और श्रीमती हेन से पूछा,

"मैडम...! कृपया परेशान मत होइए। मुझे पता है कि आप अपने पर्समें अपने बैंकिंग कार्ड खोज रहे थे और मैंने आपकी अपने आप से धीमी बात करती हुई भी सुनी थी कि कल आपने एक नया पर्स खरीदा था और अपने बैंकिंग कार्डको नए पर्समें स्थानांतरित करना भूल गई थी। मैं अभी आपकी ओर से भुगतान कर दूंगा। मुझे आप पर विश्वास है। महोदया...! यह मानवीय गलती से होता है और इसमें परेशान होने की कोई बात नहीं है। मैं यहां मिस्टर कॉक हूं। यह मेरा बैंकिंग कार्ड है...ठीक है...!"

इससे पहले कि श्रीमती हेन प्रतिक्रिया दें और मिस्टर कॉक से कुछ कहें, वह कैशियर के पास पहुँच गए और अपने बैंकिंग कार्ड के माध्यम से उनकी ओर से भुगतान भी कर दिया।

श्रीमती हेन ने विनम्रतापूर्वक कहा, "ओह...! मिस्टर कॉक..! आपका बहुत बहुत धन्यवाद। लेकिन मैं आपको बिल्कुल नहीं जानती और फिर भी

आपने मेरी खरीदारी के लिए भुगतान कर दिया। पुनः बहुत धन्यवाद। लेकिन मैं तुम्हारे डॉलर घर पहुँच कर अवश्य लौटा दूँगी। क्या आपके लिए मेरे साथ मेरे घर आना संभव है? कृपया....यदि आपके पास कुछ समय हो ताकि मैं आपके डॉलर लौटा सकूं?"

मिस्टर कॉक ने उत्तर दिया, "डॉलर लौटाने की कोई जल्दी नहीं है...! ज़रूर....! अगर आप जिद करेंगे तो मैं सिर्फ थोड़ी देर के लिए आपके घर आऊंगा लेकिन तुरंत लौट जाऊंगा क्योंकि मुझे अपने द्वारा तय की गई पूर्व-निर्धारित व्यावसायिक बैठक के लिए कहीं और जाना होगा।"

वे दोनों श्रीमती हेन के घर पहुँचे। श्रीमती हेन ने उन्हें पानी और कॉफी की पेशकश की और कुल बिल राशि का नकद भुगतान भी किया और कहा।

"मिस्टर कॉक..! आप बहुत नेक आदमी लगते हैं। आख़िर ऐसा क्या हुआ जो आपने मेरे बिल का भुगतान किया?"

मिस्टर कॉक ने प्यार से कहा, "आप देख सकते हैं कि मुसीबत में दूसरे की मदद करना इंसान का कर्तव्य है। यह मेरा स्वभाव है। और जब मैंने तुम्हारी ओर देखा और सच कहूं तो... ! क्या मैं स्वतंत्रता ले सकता हूं...? मुझे आप पसंद आए...! क्षमा करें...! अगर मैंने अपनी सीमा लांघ दी है, तो आप न केवल बहुत सुंदर दिखती हैं, बल्कि दिल से भी बहुत मासूम दिखती हैं, इसलिए आपकी तरंगें और आभा मेरे साथ मिल गई और मुझे सही समय पर आपकी मदद करने के लिए मस्तिष्क के बजाय मेरे दिल से आदेश मिला।"

श्रीमती हेन बहुत ही मासूम मुस्कान के साथ बोलीं, "मिस्टर कॉक....! मैं प्रभावित हूँ। मुझे लगता है कि मैं भी आपकी विनम्रता और शुद्ध हृदय के कारण न केवल आपको पसंद करने लगी हूं, बल्कि पहली नजर में ही आपसे प्यार करने लगी हूं और इस तरह आप मेरी आंखों से मेरे दिल में प्रवेश कर गए हैं।"

उन्होंने आगे कहा, "ओह...! मैं अपनी बात शेयर करने से पहले ही आपसे ये पूछना भूल गई कि क्या आप शादीशुदा हैं...? तो मुझे बहुत अफसोस है।"

मिस्टर कॉक ने मिसेस हेनका हाथ छूते हुए जवाब दिया, "नहीं... ! सौभाग्य से मैं आज तक कुंवारा हूँ और एक प्यारे जीवनसाथी की तलाश में हूँ। वैसे.. क्या आप भी शादीशुदा हैं...? आशा है कि आपने पहले किसी को जीवनसाथी के रूप में नहीं चुना होगा?"

श्रीमती हेन ने कुछ शर्म से नीचे देखते हुए स्वीकार किया, "देखो.......। मैं भी अविवाहित हूं। मैं बहुत सीधी और पारदर्शी हूं। मेरे एक अच्छे दोस्त है लेकिन अब तक हमने सीमाओं के भीतर केवल शारीरिक स्पर्श ही किया है। वह मेरा सबसे अच्छा दोस्त मिस्टर डक है। लेकिन मेरे दिल में शाही जगह अभी भी खाली है। मैंने उस जगह अब तक किसी को भी नहीं दी है। ठीक है..... और फिर आपके दिल के बारे में क्या कहना है.....मिस्टर कॉक?"

मिस्टर कॉक, "मिसेस हेन...! मुझे अपने दिल में किसी को जगह देने का कोई अवसर नहीं मिला जो शुद्ध और निर्दोष प्रेम के लिए प्रयास कर रहा हो। लेकिन अपने माता-पिता के बाद, जिन्हें मैंने पहली बार खोया, मेरी तरंगें आपसे मेल खा गईं। मुझे आपकी स्पष्टता और पारदर्शिता पसंद आई।"

श्रीमती हेन मिस्टर कॉक के करीब आईं और उन्हें प्यार से गले लगाया, फिर बोलीं, "लगता है मेरी तलाश भी आज ख़त्म हो गई है। मुझे लगता है कि प्रकृति ने आज ऐसी परिस्थिति बनाई है ताकि हम दो प्यार करने वाले दिल अपने प्यार को पहचान सकें। भगवान भला करे!"

मिस्टर कॉक, "तो मिसेज हेन...! मैं तुम्हें शादी के लिए प्रपोज करता हूं, क्या तुम इसके लिए तैयार हो? क्या आप यह सवाल नहीं पूछेंगे कि मेरा व्यवसाय क्या है और मैं आपको खिलाने, पिलाने और आपकी सभी इच्छाओं को पूरा करने के लिए पर्याप्त डॉलर कमाऊंगा?"

श्रीमती हेन ने उत्तर दिया, "मिस्टर कॉक..! जब दिल मिलते हैं तो दिमाग रुक जाता है और दिल का विश्वास सर्वशक्तिमान ईश्वर में माना जाता है, इसलिए मैं भरोसा करती हूं और यही सवाल पूछना चाहिए था। लेकिन अब मुझे पूछने की जरूरत नहीं है। मैं पहले यहां पढ़ाई के लिए आई थी और फिर यहीं बस गई। मैं किराये के मकान में रहती थी। शुरुआत में मुझे अपने मकान मालिक मिस्टर क्रोकोडाइल के बारे में कड़वे अनुभव हुए। फिर

मेरी एक दोस्त ने मुझे यह किराये का मकान दिलाने में मदद की। लेकिन अब मैं अपने माता-पिता को हमारे प्रेम संबंध के बारे में सूचित करूंगी जो भारत में बहुत दूर स्थित हैं इसलिए मुझे नहीं लगता कि मेरा कोई भी करीबी रिश्तेदार हमारी शादी में शामिल हो सकता है। वैसे भी मेरे माता-पिता बहुत बुजुर्ग हैं और मैं उनकी इकलौती बेटी हूं। भारत में मेरे चाचा और चचेरे भाई हैं लेकिन ...... चलो छोड़ो भी । मैं कई बार सोचती हूं और महसूस करती हूं कि हमारी जरूरत, आराम और विलासिता से ज्यादा डॉलर होना रिश्ते खराब कर देता है और जहर घोल देता है। वैसे मैं आपको बाद में कभी भी बताऊंगी। लेकिन क्या आप अपने बारे में भी कुछ बताएंगे.... मिस्टर कॉक......?"

मिस्टर कॉक ने उत्तर दिया, "देखिए... ! चचेरे भाई मिस्टर फॉक्स और चचेरी बहन मिस कैट के अलावा मेरा कोई सगा भाई-बहन नहीं है। यूं तो मैं एक दशक से अपने माता-पिता को खोने के बाद अपने सभी फैसले स्वतंत्र रूप से ले रहा हूं, इसलिए मुझे भी उनसे ज्यादा लोगों को आमंत्रित करने की जरूरत नहीं है, लेकिन उन्हें अंधेरे में रखना मेरे लिए अच्छा नहीं होगा। इसका कारण यह है कि सभी उंगलियां एक ही आकार की नहीं होती हैं। मेरा मतलब है कि इंसान का स्वभाव और प्रकृति समय के साथ बदलती रहती है। लेकिन बाद में जब मैं उन्हें लेकर आऊंगा तो तुम्हें सब कुछ बता दूंगा।"

इसके बाद मिस्टर कॉक और मिसेज हेन अक्सर मिलते थे और एक-दूसरे के घर जाते थे। श्रीमती हेन के माता-पिता दूर भारत में रहते थे और इसलिए उन्होंने उनसे बात की और मिस्टर कॉक के साथ विवाह के लिए हरी झंडी पा ली। एक महीने के बाद वे चर्च गए और शादी की औपचारिकताएं पूरी करने के लिए रिंग सेरेमनी कराई। श्रीमती हेन की ओर से उनकी एक सहेली के अलावा कोई भी विवाह में शामिल नहीं हो सका। हालाँकि, मिस्टर कॉक ने मिस्टर फॉक्स, चचेरे भाई और चचेरी बहन मिस कैट को आमंत्रित किया। रिंग एक्सचेंज सेरेमनी के साथ विवाह समारोह खुशी-खुशी संपन्न हुआ। मिस्टर फॉक्स और मिस कैट उतनी खुश नहीं लग रही थीं जितनी उनके चेहरे से दिख रही थीं।

श्रीमती हेन ने पूछा, "प्रिय कॉक...! मुझे तुम्हारे चचेरे भाइ और चचेरी बहन के चेहरे पर किसी भी कारण से खुशी क्यों नहीं दीखाई दी?"

मिस्टर कॉक ने बताया, "हो सकता है..! समय तुम्हें उत्तर देगा।"

शादी के बाद एक दिन मिस्टर कॉक शाम को बहुत देर से घर लौटे और उस रात बर्फ़ीला तूफ़ान था। उनकी शादी के बाद प्यार की मुलाकात के लिए यह बहुत अच्छा समय था। मिस्टर कॉक ने श्रीमती हेन से पूछा,

"श्रीमती हेन..! आप जानते हैं कि मैं बचपन से ही उस शुद्ध और मासूम प्यार की तलाश में रहा हूँ... प्यार और प्यार ही..... जो प्रकृति मुझे मेरे माता-पिता से नहीं दे सकी, क्योंकि जब मैं नौ साल का था, तब मैंने उन्हें खो दिया था। एक बुरे दिन जब मैं सिर्फ नौ साल का था तो सड़क पार करते समय मेरे माता-पिता की कार दुर्घटना के शिकार हो गए। इसके अलावा, मैंने अब तक किसी भी महिला से बात करने के लिए अधिक स्वतंत्रता भी नहीं ली है, लेकिन मुझे अभी भी आश्चर्य है कि उस दिन मैं आपसे कैसे मिला और आपकी मदद की... यह प्रकृति और नियति द्वारा पूर्व नियोजित होगा, है न? आपने कहा कि आपका अपने दोस्त के साथ आपका रिश्ता है पर फिर भी मैं आपके मित्र मिस्टर डक के बारे में कोई भी विवरण नहीं जानना चाहता क्योंकि मुझे आप पर पूरा विश्वास है कि जब तक मैं जीवित हूं आप अपना पार्थिव शरीर केवल उस व्यक्तिके साथ साझा करेंगी जिसे आप अपना प्यार भरा दिल देगी। क्या मैं तुम पर भरोसा कर सकता हूँ?"

श्रीमती हेन, "मैं कसम खाती हूँ प्रिय कॉक। कृपया मुझ पर भरोसा करें। मैंने अपने खास दोस्त को कई बार खुद को छूने और गले लगाने की इजाजत दी, लेकिन कभी भी उसके साथ अपनी सीमाएं नहीं लांघी। यहां तक कि मेरा दोस्त भी इतना स्पष्टवादी और दयालु है कि उसने मुझ पर ऐसा करने के लिए कभी दबाव नहीं डाला, बल्कि हमेशा एक सच्चे दोस्त की तरह मेरी मदद की। कृपया मुझ पर विश्वास क करें।"

मिस्टर कॉक निश्चिंत थे और उन्होंने चीज़ों को वैसे ही स्वीकार कर लिया जैसे वे थीं।

मिस्टर कॉक और श्रीमती हेन बिना रुके एक-दूसरे को देख रहे थे जैसे कि वे पढ़ रहे हों और एक-दूसरे से मूक बातें कर रहे हों। ऐसा लग रहा था मानो इनका पिछले जन्म का कोई रिश्ता हो और फिर से मुलाकात हो गई हो।

मिस्टर कॉक ने वर्णन करना शुरू किया, "'प्रिय हेन ....!" क्या ऐसा नहीं लगता कि हम आंखों से जो विचार विनिमय करते हैं वह हमारे शुद्ध निर्दोष हृदय से आ रहा है...! मुझे लगता है कि मैं आपके चेहरे को ऐसे देख रहा हूं जैसे कि मैं पूर्णिमा के चंद्रमा को देख रहा हूं। आपकी हिरणी जैसी आँखें हैं और आपकी आंखें आधी खुली हुई कमल के पत्ते की तरह हैं...। मैं आपके होंठों को शराब से भरे गिलास के रूप में देख रहा हूं...। आप जानते हैं कि हम कब हमारी आंखों से बात करें। हमारा दिल कहता है और यह बिल्कुल सच है, इसमें बिल्कुल भी झूठ नहीं है।"'

श्रीमती हेन ने मिस्टर कॉक को अपने कोमल प्यार भरे हाथों की माला पहनाते हुए उत्तर दिया,

"प्रिय कॉक ...! आप बिल्कुल सही कह रहे हैं। प्रकृति ने हमें इस जन्म में फिर से मिलवाया है। मुझे लगता है कि हम अपने पिछले रिश्ते को पूरा कर लेंगे। अभी-अभी मैंने तुम्हें छुआ है तो मुझे सारी सकारात्मक तरंगें मिल रही हैं...। मैं तुम्हें समझा नहीं सकती। ऐसा लगता है जैसे मैं आपके दिल के सागर में प्रवेश कर रही हूं और इतनी ऊर्जावान हो गई हूं कि मुझे शब्द नहीं मिल रहे हैं। मुझे आपसे गहरा प्यार हो गया है। ऐसा लगता है कि हम एक-दूसरे को सालों-साल से जानते हैं। लव यू डियर कॉक....!"

मिस्टर कॉक, "प्रिय हेन ...! मुझे लगता है कि जिस पवित्र और शुद्ध प्रेम के लिए मैं कब से भटक रहा था वह आज मुझे मिल गया है। आओ आओ ...! मुझे अपने प्रेममय हृदय के सागर में डूबने की अनुमति दो।"

फिर श्रीमती हेन धीरे-धीरे मिस्टर कॉक को छूती और गले लगाती गईं और इस तरह मिस्टर कॉक मिसेज हेन को। उन्होंने बहुत प्रसन्नतापूर्वक समय बिताया। रोमांटिक मानसून के बादल की तरह एक-एक करके हर पर्दा ज़मीन पर आ गिरा। वहां प्रकृतिने उन्हें प्रकृति की एक अत्यंत दुर्लभ सुंदर हरियाली और दृश्य उपहार में दिए जिसके लिए पृथ्वी पर हर कोई प्रयासरत होगा। मिस्टर कॉक पहली बार किसी महिला को इतने करीब से और इतनी स्पष्टता से देख रहे थे लेकिन वह अधिक भावुक थे क्योंकि वह हमेशा दिलका प्यार चाहते थे और पार्थिव शरीर को कम महत्व देते थे। लेकिन श्रीमती हेन को देखकर ऐसा लगा मानो बर्फबारी बढ़ गई हो और बाद में कम हो गई हो और बाद में पिघलती हुई नजर आ रही हो। इसके बाद पूरी तरह से बारिश हुई और दोनों को गीला कर दिया और शारिरीक

और प्रेमपूर्ण हृदय, दोनों की सर्वोच्च उपलब्धि हासिल की। वह रात यादगार रही। इसके बाद करीब छह माह तक यही स्थिति बनी रही।

एक दिन मिस्टर कॉक योगा कर रहे थे उसी समय श्रीमती हेन यह देखकर आश्चर्यचकित रह गईं और पूछा, "मिस्टर कॉक..! आश्चर्यजनक। आप योग करें रहे है....! ये आपने कहाँ से सीखा?"

मिस्टर कॉकने उत्तर दिया, "प्रिय हेन..! हां... मैं गहरी सांस लेने का व्यायाम कर रहा हूं। इससे मुझे भविष्य में मदद मिलेगी कि भारतीय संतने मुझे प्रतिदिन अभ्यास करने के लिए कहा था। एक बार मैं भारत में कुछ समय पहले हिमालय और गिरनार पर्वतों पर गया था। वहां मेरी मुलाकात कुछ बहुत ही ज्ञानी संतों से हुई जिन्होंने मुझे योग और कई अन्य महत्वपूर्ण बातें सिखाईं।"

श्रीमती हेन ने कहा, "'मैं भारत की उसी पवित्र कर्मभूमि से हूं। मुझे बेहद दिलचस्पी है। कृपया मुझे अभी ही वह सब बताइये। मैं ये सब जानने के लिए बहुत उत्सुक हूं।"

मिस्टर कॉक फिर अपनी भारत यात्रा का वर्णन श्रीमती हेन को करने लगे,

"तो सुनो...! मुझे बचपन से ही भारत आने और ज्ञानी संतों से मिलने का बहुत शौक था। लगभग बिस्वे वर्ष में मैं भारत गया। मैं यहां एक बहुत ही प्यार करने वाले और देखभाल करने वाले व्यक्ति के संपर्क में आया जो बाद में उस समय मेरा सबसे अच्छा दोस्त बन गया। उनका नाम श्रीमान मंकोडी है। उनके साथ मैं पहली बार हिमालय और गिरनार पर्वत पर गया था।"

श्रीमती हेन को यह सुनने में बहुत दिलचस्पी थी। उसने कहा, "तुम सचमुच जन्मजात धार्मिक हो प्रिय कॉक। मुझे आपसे आगे सुनना अच्छा लगेगा।"

मिस्टर कॉक ने आगे कहा, "बहुत प्रयासों के बाद हिमालय में हम दोनों एक ज्ञानी संत से मिल सके। वहां बहुत अंधेरा था और बर्फीला तूफ़ान आया हुआ था। हम दोनों कांप रहे थे। अचानक हमें एक गुफा सी दिखाई दी। हम वहां अंदर दाखिल हुए और वास्तव में आश्चर्यचकित रह गए। हमने सोचा था कि वहां कोई नहीं होगा और अंधेरा होगा। लेकिन इसके विपरीत

हमने जो देखा वह एक नीली मंद रोशनी थी। एक संत समाधिमें पद्मासन (एक प्रकार का बैठने का योग आसन) लगाकर बैठे थे। उसने अपनी आँखें खोलीं और हमें डर था कि अनजाने में हमारी बातचीत और हरकतों से उसे परेशानी होगी।"

तब उस संतने इतना ही कहा, कृपया मेरे सामने आकर बैठें। चिंता न करें। आप सही जगह पर हैं। मैं तुम्हें यहां बुलाने का साधन मात्र हूं। तो शांत रहो। पहले इन जडीबुट्टी के पत्तों को लेकर खा लो, इससे तुम्हारे शरीर का सारा मल बाहर निकल जाएगा, फिर स्नान करके मेरे पास आना। आप इस गुफा के दाहिनी ओर जा सकते हैं।

मिस्टर कॉक, "तब हम दोनोंको पत्ता खाने के बाद तीन बार शौच के लिए जाना पड़ा। ऐसा लग रहा था कि हमारे पेट में इतना सारा कचरा हो गया है। फिर हमने स्नान किया। उसके बाद हमें अपने शरीर में इतना हल्कापन महसूस हो रहा था कि मैं इसका वर्णन नहीं कर सकता। हमें पंख की तरह बहुत हल्का महसूस हुआ। उन्होंने हमसे कुछ योग आसन यानी मुद्राएं करने को कहा जिन्हें मैं आश्चर्यजनक रूप से कर सका। श्रीमान मंकोडी ऐसा करते थे और मुझे इसका कोई पूर्व अनुभव नहीं था।"

शाम हो चुकी थी इसलिए संत ने कुछ फल आदि मंगवाए। उन दोनों ने फल और दूध ग्रहण किया ।

मिस्टर कॉक ने फिर जारी रखा, संतने कई अच्छे आध्यात्मिक अध्ययन पाठ समझाए। श्रीमान मंकोडी और मैंने दोनों ने इसे अच्छे से सुना। उन्होंने कुछ बातें बताईं जिन्हें मैं आपके साथ साझा करना चाहूंगा, यदि आपकी रुचि हो प्रिय हेन।"

श्रीमती हेन ने पुष्टि में उत्तर दिया।

मिस्टर कॉक ने बताया, "उन्होंने समझाया कि हमारे मानव जीवन में सूर्य और चंद्रमा ही दो भगवान हैं क्योंकि उन्हीं के कारण पृथ्वी पर जीवन है। उन्होंने बताया कि सूर्य की पूजा कैसे और क्यों करनी चाहिए? तांबे के लोटे में शुद्ध जल भरना चाहिए और सूर्योदय के समय अपने दोनों हाथों को सिर के ऊपर रखते हुए प्रार्थना के साथ उस जल को अर्पित करना चाहिए। सूर्य और चंद्रमा हमारे जीवित दृश्यमान सर्वशक्तिमान ईश्वर हैं। वे बिना किसी

जाति और धर्म के और इस भेदभाव के बिना कि कोई जानवर, पक्षी, कीट या इंसान है, हम सभी को ऊर्जा प्रदान करते हैं।

श्रीमान मंकोडी ने संत से पूछा, "हे प्रभु...! मैं पूरी तरह सहमत हूं और निश्चित रूप से ऐसा करूंगा, लेकिन हमें तांबे के बर्तन में पूर्व दिशा की ओर मुंह करके और सूर्योदय के समय ही जल चढ़ाने की क्या जरूरत है?"

संत ने शांति से उत्तर दिया, "सुनो..! हम सभी का आभामंडल हमारे पार्थिव शरीर के चारों ओर होता है, विशेष रूप से यह हमारे सिर के पीछे पीछे केंद्रित होता है। जब हम उस जल को सूर्य को अर्पित करते हैं तो वह हमारी आभा को शुद्ध करता है और लगभग सभी रोगों को ठीक करता है। यहां महत्वपूर्ण बात यह है कि हम इंसानों को यह देखना चाहिए कि हमारे पैर ऐसी खड़ी स्थिति में हों कि हमारी टखने एक-दूसरे को छूएं। जब हम तांबे के बर्तन से पानी चढ़ाएंगे तो यह एक गोल घेरा बनाएगा और हमारे शरीर को शुद्ध करेगा जो वास्तव में रासायनिक प्रक्रिया बनाता है और इससे भी अधिक यह इंद्रधनुष के समान सात रंग उत्पन्न करेगा। भारत में हम इसे रथ को धकेलने वाले सात घोड़े कहते हैं। घोड़े ऊर्जा के प्रतीक हैं। हम इसे आध्यात्मिक रूप से करते हैं लेकिन आज के युग के वैज्ञानिक इसे तभी स्वीकार करते हैं जब इस बात पर विश्वास करने के लिए सबूत हों।"

श्रीमान मंकोडीने टोकते हुए कहा, "माई....लार्ड...! फिर आप यह कैसे स्थापित करेंगे कि सूर्य पूजा वैज्ञानिक रूप से आधारित है? ऐसा इसलिए है क्योंकि मेरे मित्र मिस्टर कॉक पश्चिमी देश से हैं इसलिए इसे समझना आसान होगा और यह आपके बहुमूल्य ज्ञान को संबंधित लोगों तक पहुंचाने में सहायक होगा।

इस पर संत खुश हुए और उन्होंने उत्तर दिया, "जैसा कि हम सभी जानते हैं कि इंद्रधनुष में सात रंग होते हैं, है ना?"

श्रीमान मंकोडी, " हे प्रभु ..! लेकिन इसका आध्यात्मिकता से क्या लेना-देना है जो आप सभी संत करते हैं?"

संत ने फिर मुस्कुराते हुए उत्तर दिया, "देखो....! ये रंग लाल, नारंगी, पीला, हरा, नीला, इंडिगो और बैंगनी हैं जिन्हें लोकप्रिय रूप से अंग्रेजीमें ROYGBIV के नाम से जाना जाता है। प्रिज्म सफेद प्रकाश को सात रंगों

के समूह में विभाजित करता है जिसे हम सभी स्पेक्ट्रम के रूप में जानते हैं। यह मूल रूप से तरंग दैर्ध्य है जो चुंबकीय या विद्युत चुम्बकीय तरंग के एक शिखर से दूसरे शिखर तक की दूरी के अलावा और कुछ नहीं है, जिसे ध्वनि तरंगें भी कहा जाता है, यह बहुत आकर्षक लगता है और हम सभी इसे पसंद करते हैं।"

तभी मिस्टर कॉक ने पूछा, "माई लॉर्ड...! प्रत्येक इंद्रधनुष रंग का सभी के जीवन के लिए उपयोगी होने का क्या अर्थ है?"

संत को प्रश्न पसंद आया और वे बहुत खुश हुए कि मिस्टर कॉक और श्रीमान मंकोडी को आगे जानने में गहरी दिलचस्पी थी।

संत ने आगे कहा, "आप देखते हैं कि लाल रंग अग्नि या अग्नि तत्व है और यह क्रोध और खतरे को दर्शाता है। हम अपने माथे पर किन रंगों का तिलक करते हैं...क्या आप जानते हैं? तीन रंग हैं लाल, पीला और अंत में सफेद। जैसा कि हम यहां कहते हैं, आम तौर पर हम इन अलग-अलग रंगों के चंदन लगाते हैं। यहां लाल रंग वातावरण की सभी नकारात्मकता और कंपन, नकारात्मक विचारों, गतिविधियों और ऐसे बुरे संकेतों को रोकता है। फिर पीला रंग सकारात्मक विचारों और तरंगों की ओर संक्रमण का संकेत देता है और अंत में सफेद रंग शाश्वत शांति के लिए है। भारत में हमारी पूजनीय माताएँ, बहनें, बेटियाँ और पत्नी विशेष रूप से विवाह के बाद अपने माथे पर गोल तिलक लगाती हैं। वह स्थान हमारा सात चक्रों में से आज्ञा चक्र है और यह बुरे विचारों को प्रवेश नहीं करने देता है, यह ढाल के रूप में कार्य करता है, यहां तक कि बालों के मध्य शीर्ष के बीच में लाल रंग लगाया जाता है जो प्रतिद्वंदी या प्रतिस्पर्धीको विशेष रूप से शादी के बाद प्रवेश करने के लिए खतरे का संकेत देता है।"

मिस्टर कॉक और श्रीमान मंकोडी दोनों भूखे थे इसलिए संत ने उन दोनों को खाने के लिए फल दिए। शाम को विश्राम के बाद चर्चा चलती रही।

मिस्टर कॉक ने कहा, "माई लॉर्ड..! कृपया अपना महत्वपूर्ण ज्ञान प्रदान करें ताकि मनुष्य के रूप में जन्म लेने का उद्देश्य पूरा हो सके।"

संत ने फिर कहना शुरू किया, "हम जो चर्चा कर रहे हैं वह यह है कि जब हम सुबह स्नान करने के बाद अपने सिर के ऊपर सूर्य की ओर एक सीधी

रेखा या डिग्री में आते हुए सूर्य को जल डालते हैं या चढ़ाते हैं तो वहां इंद्रधनुष उत्पन्न होता है और कैसे सात रंगों में से प्रत्येक रंग हमें दर्शाता है। आइए......अब हम सूर्य के हरे रंग को लें जो हमारे लिए प्रकृति, विटामिन डी, क्लोरोफिन का प्रतिनिधित्व करता है और बदले में हमारे शरीर में लोहे का प्रतिनिधित्व करता है। शरीर में आयरन की पूर्ति के लिए हम सभी हरी सब्जियां खाते हैं। यह सूर्य से सभी सकारात्मक ऊर्जा को अवशोषित करने के उद्देश्य को भी पूरा करता है। फिर नारंगी रंग उपचार के लिए है, नीला रंग छिपी हुई कला, अच्छे गुणों और क्षमताओं के लिए है। नील रंग का अर्थ है सद्भाव और बैंगनी रंग आत्मा का प्रतिनिधित्व करता है।"

श्रीमान मंकोडीने पूछा, "माई लॉर्ड..! क्या लाल रंग इतना खतरनाक है"

संत ने उत्तर दिया, "देखो.. लाल रंग का मतलब साहस, सेक्स, बलिदान, गर्मी, खतरा है। जैसे हर सिक्के के दो पहलू होते हैं, वैसे ही यदि युद्ध में योद्धा लाल रंग पर हावी हो जाता है तो वह साहस के उच्चतम स्तर तक पहुंच जाता है, लेकिन यदि उसी का उपयोग अनुचित तरीके से किया जाए तो यह खतरे का बिंदु बन जाता है। इसलिए जब हम अपने माथे पर तिलक करते हैं तो जैसा कि वहां बताया गया है, हम चावल लगाते हैं या चिपकाते हैं जो सफेद रंग है और युद्ध में संघर्ष विराम में शांति का प्रतीक है। इसके अलावा लाल रंग गैस के लिए भी है जो बेचैनी का प्रतिनिधित्व करता है और इसे नियंत्रित करने की आवश्यकता है, इसलिए क्या होता है चावल की पंक्ति हमारे माथे के मध्य में माथे पर चिपकाती है, यह अवांछित खतरनाक गैस को शांत करती है और इसे ठंडा करती है और पित्त या अम्लता के उचित संतुलन की ओर ले जाती है, कफ और वायु वह गैस है।"

श्रीमान मंकोडीने संत से पूछा, "भौतिक शरीर के साथ हम इस पृथ्वी पर कितने समय तक या अधिकतम आयु तक जीवित रहते हैं?"

संत सुनकर प्रसन्न हुए। वह मुस्कुराया और फिर उत्तर दिया,

"देखो....! हम इंसानों को सांस लेना नहीं आता। दरअसल आज की तनावपूर्ण दुनिया में लगभग सभी इंसान एक बार में पूरी सांस नहीं ले पाते। हम कहते हैं कि हम कितने साल जीते हैं...लेकिन हकीकत में हमें सांसों की संख्या गिनने की जरूरत है न कि वर्षों की। हमें अपने फेफड़ों तक ऑक्सीजन भरने के लिए प्रत्येक पूरी गहरी सांस लेनी चाहिए।" मिस्टर

कॉक ने टोकते हुए पूछा, "माई लॉर्ड...! तो क्या मैं सीख सकता हूँ कि प्रत्येक पूर्ण साँस कैसे ली जाए और उसकी उचित विधि क्या है ताकि इससे हमें मदद मिले?"

संत ने कहा, "वास्तवमें मैं आपको यह बताने के लिए काफी स्पष्ट रहूंगा कि मैंने केवल सांस लेने का पाठ पढ़ाने के लिए हमारी बैठक की व्यवस्था की है क्योंकि आपके लिए यह आवश्यक होगा क्योंकि भविष्य में आपको अपनी सुरक्षा के लिए ऐसा करना होगा और प्राणायाम चुनना होगा।" मतलब कुछ देर तक सांस रोकना।"

मिस्टर कॉक चौंक गए और पूछा, "ऐसा क्या कुछ होगा भविष्यमे मेरे साथ?" आपका मतलब है कि मेरी जान को ख़तरा है?"
संत ने उत्तर दिया, "आप देखिए....! यही मुख्य कारण है कि हम आज इस पर चर्चा कर रहे हैं। आप एक उज्ज्वल विद्वान आध्यात्मिक आत्मा हैं और हमारे पिछले जन्म में हम एक साथ थे। मुझे तुम्हारे अपने अच्छे कर्मों का बदला तुम्हें देना है। इसलिए कृपया इसे ध्यान से सुनें। मैं तुम्हें सिखाऊंगा कि गहरी सांस कैसे लें और प्राण को कैसे रोकें और कुछ समय तक बिना सांस लिए जीवित रहें। देखिए...! जब हम गहरी सांस लेते हैं तो हम पूरक नामक वातावरण से अपने फेफड़ों के भीतर ऑक्सीजन लेते हैं। फिर उसी गहरी सांस को अपनी नाभि में रोकना या रोकना कुम्भक कहलाता है और अंत में उसी सांस को छोड़ना रेचक कहलाता है।"

श्रीमान मंकोडीने पूछा, "हे प्रभु..! जब हम आध्यात्मिक रूप से नाक से सांस लेते हैं तो यह कैसे कार्य करता है? क्या यह हमारे पित्त यानी एसिडिटी, बुखार, गैस और खांसी को नियंत्रित करने में मदद करता है?"

संत ने श्रीमान मंकोडी की प्रशंसा की और उत्तर दिया, "हाँ...यह वास्तव में एक अच्छा प्रश्न है।" आइए मैं आप दोनों को समझाता हूं।

उन्होंने सुनाया, "'देखिए... हम इंसानों के पास बहत्तर हजार नाड़ियाँ हैं और उनमें से तीन नाड़ियाँ बहुत महत्वपूर्ण हैं। वे पिंगला हैं जिसका अर्थ है सूर्य का प्रतिनिधित्व करना, फिर इड़ा का प्रतिनिधित्व करना चंद्रमा और फिर तीसरी है सुषुम्ना नाड़ी। पिंगला नाड़ी नाक के दाहिने नासिका छिद्र से बहती है और इड़ा नाक के बाएं नासिका छिद्र से बहती है। जब हम सांस लेते हैं तो हम देख सकते हैं कि दोनों नासिका छिद्रों या नाड़ियों में से केवल

एक समयमे एक ही काम करती है, जबकि हम हवा को बाहर फेंकते हैं। यह लगभग डेढ़ घंटे तक रहता है। फिर यह स्वचालित रूप से दूसरे में स्थानांतरित हो जाता है। सौंपने और लेने की प्रक्रिया के दौरान दोनों नाड़ियाँ कुछ समय के लिए एक साथ कार्य करती हैं। उसे सुषुम्ना नाड़ी कहते हैं। इस समय वे परिपक्व और विद्वान संत अंतिम या सर्वोच्च क्षण तक पहुँच जाते हैं जिसे आत्मसाक्षात्कार कहा जाता है। लेकिन यहां जो महत्वपूर्ण है वह यह है कि व्यक्ति को इस सुषुम्ना नाड़ी को लंबे समय तक खींचते और विस्तारित करते रहना चाहिए।"

मिस्टर कॉक ने पूछा, "माई लॉर्ड...! क्या यह इतना सरल है?"

संत हँसे और बोले, "नहीं... बिल्कुल भी सरल नहीं है। देखिए हमारा मन हमेशा या तो अतीत में या भविष्य में रहता है और यह शायद ही वर्तमान काल में रहता है। मुख्य परीक्षा यह है कि प्रतिदिन अपने सभी विचारों को स्थिर रखते हुए प्रत्येक श्वास का अवलोकन करने का अभ्यास करें। धीरे-धीरे गहरी सांस लें और अपनी आंखों को नाक के ऊपर रखते हुए प्रत्येक सांस पर ध्यान देते हुए स्थिर हो जाएं। जब सुषुम्ना नाड़ी क्रियाशील हो तो व्यक्ति को नाभि में सांस रोकने के लिए पहले बताए अनुसार कुंभक का अभ्यास करना चाहिए। बहुत अभ्यास के बाद एक दिन सर्वोच्च क्षण का आनंद लेना चाहिए। केवल उस समय ही ऐसा कहा जाता है कि सभी सात कुंडलिनी चक्र शक्तिशाली और जागृत हो जाते हैं और ऊर्जा सिर पर पहुंच जाती हैं। वहां यमराज भी, जो हमारी आत्मा को छीनने में सक्षम हैं, आत्मा को नहीं छीन सकते और व्यक्ति के जीवन को दोहरी सांस लेने का वरदान मिलता है। आपने सुना होगा कि सभी संत विशेषकर भारत में हजारों वर्षों तक जीवित रहते थे।"

मिस्टर कॉक ने उत्सुकता से पूछा, "माई लॉर्ड...! क्या मैं कृपया एक सरल प्रश्न पूछ सकता हूँ कि किसी भी मनुष्य के लिए खुशी वास्तव में क्या है?"

संत की प्रशंसा हुई और उन्होंने उत्तर दिया, "हम सभी खुश रहने के लिए कहते हैं लेकिन यह बिल्कुल भी कीमत नहीं है जो इंसान को हमेशा खुश रखता है। यदि किसी के पास प्रचुर धन है और वह बीमार है, जिसके परिणामस्वरूप वह उपयोग नहीं कर पाता है और स्वयं को संतुष्ट नहीं कर पाता है, तब भी वह धन उसके लिए कोई मूल्य नहीं लाता है और उसे अपेक्षित खुशी नहीं देता है। इसके विपरीत यदि किसी के पास मान लीजिए

पर्याप्त, उचित आवश्यक धन है और वह अभी भी अपने सर्वोत्तम स्वास्थ्य का आनंद ले रहा है और मानसिक शांति प्राप्त करता है तो उसे दुनिया का सबसे खुश व्यक्ति कहा जाता है। कभी-कभी हम संतों के पास पैसा नहीं होता और फिर भी हम पृथ्वी पर सबसे खुश व्यक्ति होते हैं। वास्तविक ख़ुशी आत्मा की होती है जो शाश्वत होती है जबकि साधन या धन की ख़ुशी अस्थायी या कहें क्षणभंगुर होती है। वह भौतिक सुख साधनों के लुप्त हो जाने से लुप्त हो जाता है। तो निष्कर्ष यह है कि किसी भी और मुख्य रूप से किसी भी नकारात्मक स्रोत से धन की अधिकता और संचय परिवार और समाज में झगड़ा पैदा करता है और अनावश्यक प्रतिशोध पैदा करता है। यह भलीभांति जानते हुए भी कि सूक्ष्म शरीर से कोई भी व्यक्ति अगले जन्म में अशोभनीय धन अपने साथ नहीं ले जा सकता, क्योंकि पार्थिव शरीर यहीं पृथ्वी पर छूट जाता है। हम सभी आते हैं और खाली हाथ चले जाते हैं।"

मिस्टर कॉक, "तो फिर ख़ुशी कैसे मिलती है?"

संत ने शांति से उत्तर दिया, "भौतिक सुख पूरी तरह से अस्थायी और क्षणभंगुर है। धन कभी भी हमेशा के लिए नहीं रहता है। लेकिन समाज के लिए अच्छे कार्य या अच्छे कर्म करने से सकारात्मक कंपन उत्पन्न होता है और अच्छे कार्य या कर्म का फल निश्चित रूप से वर्तमान जन्म या भविष्य के किसी भी जन्म में मिलता है। इसलिए व्यक्ति को धन का उपयोग न केवल अपनी भलाई के लिए बल्कि जरूरतमंद लोगों के उत्थान के लिए भी करना चाहिए। देखिए...ईर्ष्या और प्रतिशोध के कारण कोई धन, संपत्ति और संपत्ति के लिए लड़ता है, यह नहीं जानते हुए कि वह पार्थिव शरीर को साथ नहीं ले जा सकता है जिसे यहीं पृथ्वी पर छोड़ना होगा।"

मिस्टर कॉक और श्रीमान मंकोडी दोनों उत्तर से संतुष्ट हुए।

एक सप्ताह के बाद संत ने कहा, "मिस्टर कॉक ...! आपने गहरी लंबी सांस लेना सफलतापूर्वक सीख लिया है, लेकिन आपको इसे रोजाना अभ्यास करने की आवश्यकता है ताकि जब आपको वास्तव में ऐसा करने की आवश्यकता हो तो यह आपकी मदद करे। अब तुम दोनों मेरा आशीर्वाद ले लो और चाहो तो जा सकते हो।"

XXXXXXXXXX

श्रीमती हेन अचानक अपने फ्लैशबैक से बाहर आईं और उनके लिए चाय बनाने के लिए रसोई में चली गईं। फिर उसे याद आया कि मिस्टर कॉक रोजाना प्राणायाम साँस व्यायाम का अभ्यास करते थे।

श्रीमती हेन अतीत की सभी प्यारी यादों और मिस्टर कॉक के साथ बिताए हर ऐसे अनमोल पल को याद करने की कोशिश कर रही थीं।

६. कॉलेज मित्र श्रीमान डक

किसी तरह श्रीमती हेन को पता ही नहीं चला कि वह कब गहरी नींद में सो गईं। अगले दिन वह सुबह जल्दी उठ गईं। फ्रेश होने के बाद उसने अपनी कॉफी तैयार की और उसे खत्म किया। ठीक उसी समय उसके कॉलेज टाइम के करीबी दोस्त मिस्टर डक ने श्रीमती हेन को फोन किया।

मिस्टर डक, "हाय..! प्रिय हेन ..! मैं मिस्टर कॉक के बारे में समाचार देख रहा हूं। क्या यह सही है कि उनका निधन हो गया और उनका शव अभी भी गायब है?"

श्रीमती हेन ने अपने कॉलेज के खास दोस्त का फ़ोन पाकर प्रसन्न प्रेमपूर्ण हृदय से कहा, "प्रिय डक...! हां......! दुर्भाग्य से ख़बर सही है। मैं पूरी तरह से निराश हूं और टूटी हुई हूं। लेकिन तुम कहाँ हो....? मेरे प्रिय! इस समय पर मुझे आपकी सहायता और साथ की अत्यंत आवश्यकता है। हम जल्दी से मिलते हैं। आप एकमात्र व्यक्ति हैं....मेरे सबसे अच्छे करीबी दोस्त प्रिय....! क्या आप मेरी मदद कर सकते हैं?"

मिस्टर डकने उत्तर दिया, "प्रिय हेन.....! लव यू...! आप मेरी सच्ची मित्र हो। घबराओ मत । मैं यहां आपकी मदद करने के लिए हूं। तब तो आपको वास्तव में स्थान परिवर्तन की आवश्यकता है। क्या आप मेरे घर आ सकती हैं और कुछ दिनों के लिए मेरे साथ रह सकती हैं? यदि आप इससे सहमत हैं तो कृपया एक घंटे के बाद हमारे हर समय मिलने वाले स्थान पर मुझसे मिलें। मैं तुम्हें अपनी कार में लेने के लिए वहां मौजूद रहूंगा।"

श्रीमती हेन ने उत्तर दिया, "ठीक है। प्रिय डक ...! मैं ज़रूर वहां रहूँगी। कृपया हम वहां मिलेंगे ।"

एक घंटे के बाद श्रीमती हेन निर्धारित स्थान पर गईं और मिस्टर डक भी वहाँ पहुंचे और उन्हें सामान के साथ अपनी कार में ले गए। सबसे पहले दोनों रेस्टोरेंट गए और अच्छा खाना खाया। बाद में मिस्टर डक मिसेज हेन

को अपने घर ले गए। उन्होंने घर खोला और सबसे पहले उन्होंने एक-दूसरे को बहुत प्यार से गले लगाया।

श्रीमती हेन, "प्रिय डक ...! मुझे आशा है कि हमारे आख़िरी बार मिलने के बाद अब आपके जीवन में कोई खूबसूरत महिलाने कदम रखें होंगे!"

मिस्टर डक ने मुस्कुराते हुए उत्तर दिया, "प्रिय हेन..! आशा है आप मुझ पर भरोसा करेंगे। तुम ही थे और तुम आज भी सबसे अच्छे दोस्त हो...और अब तक किसी ने मेरा दिल नहीं जीता। मेरे प्रिय ! लेकिन ये बताओ मिस्टर कॉक के साथ आपकी शादीशुदा जिंदगी कैसी रही? मिस्टर कॉक को अचानक क्या हो गया? मुझे नहीं पता कि क्या मुझे यह पूछने की आज़ादी है की आप अभी भी गर्भवती हैं या नहीं?"

श्रीमती हेन, "प्रिय दोस्त...! हमारा वैवाहिक जीवन प्यार और आध्यात्मिकता का मिश्रण था। हमें बच्चे की बिल्कुल भी जल्दी नहीं थी और अचानक मिस्टर कॉक...!" उनकी आंखों में आंसू थे।

मिस्टर डक, "ओह....! मुझे सच में खेद है...! आप बहुत प्यारी महिला हैं। अब बताओ आपकी भविष्य की क्या योजनाएं हैं? मैं आपकी कैसे मदद करूँ? अब मिस्टर कॉक की अनुपस्थिति में मैं तुम्हें प्रपोज करता हूं.......क्या तुम शादी के लिए तैयार हो?"

श्रीमती हेन, "कृपया मुझे समझने की कोशिश करें। हृदय का लगाव शारीरिक लगाव से अधिक शक्तिशाली बंधन है। हमने अतीत में सभी प्रतिबंधों के साथ दोस्त के रूप में आनंद लिया है और इसलिए हम भविष्य में भी बहुत सच्चे दोस्त के रूप में आनंद लेंगे, प्रिय डक। हमारी दोस्ती ही हमारी सच्ची दौलत है।"

मिस्टर डक (मुस्कुराते और चिढ़ाते हुए), "मैं मजाक कर रहा था। मैंने सोचा था कि अब आप मुझे अपनी ओर से कुछ धन और संपत्ति का हिस्सा देने की पेशकश करेंगे !"

श्रीमती हेन, "ओह..! जाओ भी। वह समय बताएगा। मेरे लिए प्रतिबद्ध होना अभी जल्दबाजी होगी। क्या तुम मुझसे शादी करने की सोच रहे हो? तो फिर आप बहुत आशावादी हैं, प्रिय दोस्त.....!"

मिस्टर डक (श्रीमती हेन को कसकर प्यार भरा आलिंगन देते हुए),

“प्रिय हेन...! देखिये, आप मुझसे शादी करेंगे या नहीं, हमारा रिश्ता हमेशा एक दोस्त जैसा रहेगा। हमने अतीत में एक सीमा तक आनंद लिया है, हम आनंद ले रहे हैं और हम आखिरी सांस तक अपनी दोस्ती का आनंद लेंगे। लेकिन मुझे बताओ जब मैंने तुम्हें फोन किया तो तुम घर पर क्यों बहुत परेशान लग रही थी?”

श्रीमती हेन, “देखो... प्रिय दोस्त.. डक.! मुझे डर है कि मेरे घर के पिछवाड़े में भूत महिला, श्रीमती स्क्रिरेल से मिली, मुझे संदेह है कि कोई है... शायद भूत होना चाहिए..! इसलिए मुझे डर लग रहा है।”

मिस्टर डक ने मुस्कुराते हुए उत्तर दिया, “ओह...! क्या यही एकमात्र चीज़ है। तब आपको चिंता करने की जरूरत नहीं है। आप देख रहे हैं कि मेरा पेशा हत्या के मामलों को सुलझाने के लिए जासूस का है। और आप विश्वास नहीं करेंगे कि कभी-कभी भूत मेरी बहुत मदद करते हैं। इसलिए मैंने आधी रात को प्लेनचांट विधि से भूतों को बुलाना सीख लिया हैं।”

श्रीमती हेन भयभीत चेहरे के साथ, “क्या तुम पागल हो गए हो......? प्रिय दोस्त? आप क्या बात कर रहे हैं? कुछ चीज़ों पर विश्वास करने की मेरी अपनी सीमाएँ हैं। मैं मानती हूं कि मुझे भूतों से डर लगता है। मुझे बताएं कि जासूसी के पेशे में भूत आपकी कैसे मदद कर सकते हैं?”

मिस्टर डक, “देखो..! हत्या के सभी मामले बहुत ही विशिष्ट और जटिल हैं। कई बार अपराधी इतना चालाक होता है कि वह सचमुच गवाह और सबूत छिपा देता है और कहानी को गुमराह कर देता है।”

श्रीमती हेन, “तो सबसे पहले मुझे बताओ कि क्या वे वास्तव में आपके सामने आ सकते हैं... और आपके सवालों का जवाब दे सकते हैं!”

मिस्टर डक, “शुरुआत में यह सुनिश्चित होना चाहिए कि आप किसे आमंत्रित कर रहे हैं और बुला रही हैं? अगर सही आत्मा को आमंत्रित किया जाए और बुलाया जाए तो वह कभी-कभी आपको सच बता सकती है... हर समय नहीं...! कई बार इशारे से भी कुछ महत्वपूर्ण संकेत दे सकती है। एकमात्र गंभीर बात यह है कि अगर संयोग से कोई गलत शैतान आत्मा

प्रवेश कर जाए तो उसे वापस भेजना बहुत मुश्किल हो जाता है। यह तब सिरदर्द बन जाता है।"

श्रीमती हेन, "क्या आपका मतलब है कि क्या यह भूत जीवित हैं?"

मिस्टर डक, "देखिए...! शारीरिक रूप से नहीं, लेकिन निश्चित रूप से सूक्ष्म शरीर से वे रहते हैं और कई बार हमारी मदद भी करते हैं, इसलिए बेहतर होगा कि आप उनसे डरें नहीं और उनसे दोस्ती करें। यदि आप चाहते हैं कि मिस्टर कॉक से संपर्क किया जाए तो हम उन्हें आमंत्रित कर सकते हैं और उनके सभी ठिकानों और उनके लापता पार्थिव शरीर के बारे में जानने के लिए उन्हें बुला सकते हैं।"

श्रीमती हेन (बहुत क्रोधित स्वर में),

"प्रिय दोस्त..! मुझे नहीं लगता कि अब मैं तुम्हारे साथ रह पाऊंगी? आपने तो हद ही कर दी। मैं अभी सामान पैक करके यहां से चली जाऊंगी। कृपया कोई भूत-प्रेत की कहानी न बताएं। मैं यह मान नहीं पा रही हूं कि मिस्टर कॉक अब नहीं रहे !"

मिस्टर डक, "ठीक है। प्रिय हेन ..!(फिर से उसे जोर से गले लगाते हुए) मैं मिस्टर कॉक के बारे में कुछ भी नहीं बोलूंगा। अब आप खुश हैं?"

दोनों ने बाहर घूमने में अच्छा समय बिताया और रेस्तरां में खाना खाकर लौटने में देर रात हो गई। चूँकि श्रीमती हेन डरी हुई थीं इसलिए दोनों एक साथ सोने चले गए। बस उसे मुस्कुराने के लिए मिस्टर डक ने उसके गालों को छूना शुरू कर दिया। श्रीमती हेन ने भी उसे अनुमति दे दी। फिर कुछ इशारे के बाद दोनों पहले की तरह आराम का समय बिताना चाहते थे। इसके बाद अचानक बिजली चली गई और किसी ने श्रीमती हेन के पैर खींचें । उसे यकीन था कि मिस्टर डक के हाथों ने उसकी गर्दन पर माला डाल रखी है, फिर आख़िरमे यह शरारत कौन कर रहा होगा?वह उठ खड़ी हुई और मिस्टर डक शांत क्षणों में आश्चर्यचकित रह गए कि अचानक क्या गलत हो गया? मिस्टर डक भी फिर उठे और श्रीमती हेन से पूछा, "प्रिय हेन ..! अचानक क्या हुआ? तुम अचानक परेशान क्यों हो गई? क्या कुछ ग़लत हो गया?"

श्रीमती हेन ने प्रतिक्रिया व्यक्त करते हुए अंधेरे में चिंतित दिख रही थीं। वह खोजने लगीं कि वह आदमी कौन था जिसने उनकी टांगें खींचीं और कहा,

“प्रिय डक...! किसी ने सचमुच मेरी टांग खींची। कमरे में हम दोनों के अलावा कोई नहीं है। बताओ क्या तुम्हें भी कुछ महसूस हुआ?”

मिस्टर डक, “प्रिय हेन..! यह सिर्फ आपके विचार है क्योंकि हम भूत-प्रेत आदि के बारे में बहुत चर्चा करते रहे हैं। ये सब भूल जाओ और हमें आनंद लेने दो। यह बात छोड़ो भी......।”

वे दोनों सामान्य होने की कोशिश कर रहे थे। जैसे ही श्रीमती हेन फिर से आराम करने लगीं, उन्हें महसूस हुआ कि कोई उन्हें छू रहा है और धक्का दे रहा है। उसने एक पल भी इंतज़ार नहीं किया और दुसरे कमरे में जाकर रोने लगी। मिस्टर डक भी बहुत आश्चर्यचकित थे कि वहां कौन हो सकता है क्योंकि किसी भूत को आमंत्रित नहीं किया गया था!

श्रीमती हेन, “प्रिय डक ..! मुझे खेद है कि मैं यहां आपके घर में आपके साथ नहीं रह सकती। मैं बहुत ज्यादा डरी हुई हूं। मैं अभी अपने घर जाऊंगी। कृपया मुझे क्षमा करें। यदि आप मेरे घर आना चाहें तो आपका हार्दिक स्वागत है और मेरे साथ वहीं रुकें लेकिन मैं अब यहां नहीं रह सकती।”

मिस्टर डक किसी तरह उनकी बात मान गये और दोनों आधी रात को मिस्टर डक का घर छोड़ने के लिए तैयार हो गए। श्रीमती हेन ने मोबाइल टॉर्च के साथ अपना सामान पैक किया। मिस्टर डक ने अपना घर बंद कर दिया और अपनी कार श्रीमती हेन के घर ले गए।

रास्ते में जब मिस्टर डक के पास एक इनकमिंग कॉल आई तो उन्होंने कार सड़क के किनारे पार्क कर दी गई। उन्होंने उस सड़क पर देखा कि श्वेत पोशाक में कोई व्यक्ति कार की खिड़की से तेजी से देख रहा था और हाथ हिलाकर लिफ्ट देने का अनुरोध कर रहा था। श्रीमती हेन ने मिस्टर डक को केवल अनदेखा करने के लिए कहा ताकि वे किसी समस्या में न पड़ें। कुछ देर बाद वह सज्जन कार के सामने आये। मिस्टर डक को अपनी कार चलाने का कोई अवसर नहीं मिला। श्वेत कपड़े पहने उस व्यक्ति ने लिफ्ट के लिए अनुरोध करते हुए कहा,

“अगर आप कृपया मुझे मेरे गंतव्य तक पहुंचने के लिए कोई भी परिवहन पकड़ने के लिए आगे छोड़ दें तो मैं आपका आभारी रहूंगा।”

हालाँकि श्रीमती हेन डरी हुई लग रही थीं। लेकिन मिस्टर डक ने साहस दिखाते हुए उस सज्जन को कार की अगली साइड वाली सीट पर बैठने की अनुमति दे दी, क्योंकि श्रीमती हेन कार की पिछली सीट पर सोने की मुद्रा में थीं। वह सज्जन लगातार श्रीमती हेन को देख रहे थे जिस पर श्रीमती हेन का ध्यान नहीं गया। मिस्टर डक वही देख रहे थे। कुछ मील आगे कार चलाने के बाद उस सज्जन ने कहा,

“कृपया मैं यहां उतरना चाहूंगा। कृपया कार यहां रोकें।”

मिस्टर डक ने कार रोकी और कार से उतरकर पूछा, “वैसे आपका नाम क्या है? मैं समझता हूं कि आप बीच रास्ते में क्या किसी का पिछा कर रहे थे?”

उस श्वेत कपड़े पहने सज्जन ने उत्तर दिया, “मैं मिस्टर क्रोकोडाइल हूँ। जब तक मुझे पता है मैं वह महिला केवल श्रीमती हेन है और मैं उनका पीछा कर रहा था..! आपकी कार में आपके साथ यात्रा कर रहा था। जब वह पहले मेरे साथ रहती थी तो मैं उनसे बहुत प्यार करता था। लेकिन उसने मुझे छोड़ दिया और मिस्टर कॉक से शादी कर ली। वैसे भी... मुझे लिफ्ट देने के लिए धन्यवाद। एक दिन मैं उसे मार डालूँगा और देखूँगा कि वह भी मिस्टर कॉक के नक्शेकदम पर चलते उसी तरह शिकार हो जाएगी ।”

मिस्टर क्रोकोडाइल को नहीं पता था कि मिस्टर डक ने उस बातचीत को रिकॉर्ड किया है।

मिस्टर क्रोकोडाइल ने कार से उतरते समय श्रीमती हेन की तरफ तेज हत्यारी निगाहों से देखा और चले गए। मिस्टर डक के पास उसके साथ बहस करने और उसे पकड़ने का कोई ठीक अवसर नहीं था जिसे सुनकर मिस्टर डक आश्चर्यचकित रह गए।

सफेद कपड़े पहने सज्जन का चेहरा पूरी तरह से पहचाना नहीं जा सका क्योंकि ऐसा लग रहा था कि उन्होंने चेहरे पर श्वेत स्कार्फ पहन रखा है। मिस्टर डक ने बाद में श्रीमती हेन के साथ इस मामले पर चर्चा करने के

बारे में सोचा। इसके बाद वह फिर से ड्राइवर की सीट पर बैठा और अपनी कार चलाने लगे।

कुछ देर बाद मिस्टर डक और मिसेज हेन मिसेज हेन के घर पहुंचे।

जब वे मिसेज हेन के घर में रहने लगे तो मिसेज हेन ने मिस्टर डक से पूछा,

"आपको किसी भी अनजान व्यक्ति को कार में लिफ्ट नहीं देनी चाहिए थी...... प्रिय डक !"

मिस्टर डक (मुस्कुराते हुए),"ठीक है। वैसे क्या आप उस सज्जन को जानती हैं?"

श्रीमती हेन, "चूंकि वह मुझसे आगे की सीट पर बैठा था और कार में आपके बगल में स्कार्फ पहने हुए था, इसलिए मैं उसका चेहरा ठीक से नहीं देख सकी, लेकिन उसकी आवाज़ मुझे किसी तरह से ज्ञात लग रही थी।"

मिस्टर डक ने कहा, "क्या आपको याद है कि आपने किसी ऐसे प्यारे आदमी को छोड़ दिया था जो आपसे बहुत प्यार करता था और आपको धमकी दी गई थी?"

श्रीमती हेन, "प्रिय डक.....! उस सज्जन से क्या संबंध है?"

मिस्टर डक (चुप्पी तोड़ी), "वह मिस्टर क्रोकोडाइल थे!"

श्रीमती हेन (गहरे सदमे के साथ),"ओह...नहीं...! क्या वह खूनी मूर्ख मिस्टर क्रोकोडाइल था...? मेरे शुरूआती दिनों में जब मैं यहां पहुंची तो वह मेरे पीछे पागल हो गया था। उसने मुझसे कहा कि वह भारत से आया है और मुझसे शादी करना चाहता है। लेकिन मुझे तो बस उससे नफरत थी। वह कहता था कि वह मुझसे बहुत प्यार करता था, लेकिन मेरे मन में उसके लिए कोई भी नरम रुख नहीं था...! मेरे दिल में उसके लिए कोई प्यार नहीं था। इसलिए मैं उससे बचती रहती थी। लेकिन तुम्हें यह सब कैसे पता है?"

मिस्टर डक ने उत्तर दिया, "उन्होंने मुझे बाहर कार से उतरने के बाद यह सब बताया।"

श्रीमती हेन परेशान थीं। एक मिनट बाद चुप्पी तोड़ने के बाद मिस्टर डक ने मिसेज हेन से उन्हें अवांछित तनाव से बाहर आने के लिए कहा,

“ठीक है। मुझे बताओ ...! क्या आपके मन में मेरे लिए सॉफ्ट कॉर्नर है और क्या आप किसी से प्यार करती हैं?”

श्रीमती हेन ने बहुत रूखेपन से उत्तर दिया, “नहीं... मेरे मन में किसी के लिए कोई नरम रुख नहीं है और मैं किसी से प्यार भी नहीं करती।”

मिस्टर डक ने अनुभवी जासूसी पेशेवर तरीके से पूछा, “ठीक है। अच्छा। लेकिन क्या तुम्हें मिस्टर कॉक से प्यार था या नहीं प्रिय हेन?”

श्रीमती हेन ने बहुत गंभीर चेहरे के साथ मिस्टर डक की ओर देखते हुए कहा,

“बेशक.....!मैं उनसे प्यार करती थी और अब भी मैं मिस्टर कॉक से प्यार करती हूं, मिस्टर डक......। क्या आपको कोई संदेह है? मुझे लगता है कि आप बार-बार दोस्त के उस पर्दे को तोड़ने की योजना बना रहे हैं और आप इसका परिणाम बेहतर जानते हैं...!”

मिस्टर डक मुस्कुराए और बोले, “नहीं। मेरी प्रतिबंधित स्वतंत्रता और मेरे इरादे पर विश्वास करो प्रिय हेन ...ठीक है। लेकिन फिर भी बताओ ना.... ?”

मिसेज हेन लगातार मिस्टर डक को एकटक देखती रहीं और गहन विचार करने के बाद बोलीं,

“प्रिय डक..! तुम मेरे निकटतम दोस्त हो । मैंने मिस्टर कॉक को आपके बारे में और अतीत में हमें कितनी सीमित स्वतंत्रताएँ प्राप्त थीं, इसके बारे में सूचित किया था। मैं बहुत पारदर्शी हूं। आप हमेशा मेरे सबसे अच्छे दोस्त और दयालु हैं और पति और सबसे अच्छे दोस्त के बीच अंतर समझते हैं। तो आप अब भी हमेशा उतनी आज़ादी का आनंद ले सकते हैं और फिर भी आप मुझसे यह सवाल पूछते हैं, क्या आप मूर्ख नहीं हैं?”

मिस्टर डक ने मिसेज हेन को प्यार से ऊपर से नीचे तक छुआ, फिर बहुत खुश होकर गले लगाया और कहा,

“देखो... प्रिय हेन! सच्चा और निर्दोष प्यार हमारे दिल से निकलता है, शरीर से नहीं। कोई भी महिला अपने पति के साथ दिल से और शारीरिक रूप से पूरी तरह से समर्पण कर सकती है...आप बहुत सही हैं। मैं सहमत हूं। लेकिन सबसे अच्छे दोस्त के रूप में मैं निश्चित रूप से कभी भी आपका अनुचित फायदा नहीं उठाऊंगा प्रिय हेन.....! आप निश्चिंत रहें ।”

तब श्रीमती हेन मुस्कुराईं और मिस्टर डक को गले लगाया। फिर वे दोनों गहरी सोच में पड़ गए और एक कप कॉफी पी।

चुप्पी तोड़ते हुए मिस्टर डक ने पूछा, “प्रिय हेन..! क्या मैं जान सकता हूँ कि वास्तव में आपके और मिस्टर क्रोकोडाइल के बीच की कहानी क्या है?”

श्रीमती हेन ने कहा, “जब मैं उच्च पढ़ाई के लिए भारत से यहां आई थी तो मेरे पास सीमित धन का बजट था। मुझे यहां अध्ययन शुल्क सहित अपने खर्चों का प्रबंधन और नियंत्रण करना था। मैं किराये पर एक छोटा सा कमरा और साथ में पार्ट टाइम अच्छी नौकरी चाहती थी।”

मिस्टर डक ने पूछा, “क्या आपके माता-पिता ने आपको आपकी पढ़ाई और रहने आदि के लिए पर्याप्त डॉलर नहीं दिए?”

श्रीमती हेन, “आप देखिए... यह फिर से एक अलग कहानी है। मेरा जन्म एक बहुत अमीर परिवार में होने के बावजूद मुझे और मेरे माता-पिता को मजबूरन आत्मसमर्पण करना पड़ा। वह कहानी मैं आपको बाद में बताऊंगी । अतः मिस्टर क्रोकोडाइल के विषय पर वापस आते हुए यहां आगमन पर मेरी उनसे मुलाकात हुई। किराये पर अतिरिक्त कमरा उपलब्ध कराने का विज्ञापन था। मैंने आवेदन किया और मिस्टर क्रोकोडाइल से संपर्क किया। शुरू में मुझे वह ठीक लगे । उन्होंने भी मुझे अपना परिचय बहुत सज्जन व्यक्ति के रूप में दिया। उन्होंने अपना एक अतिरिक्त कमरा उचित किराये पर दे दिया। लेकिन धीरे-धीरे मुझे पता चला कि उसने मुझे बहेलाना शुरू कर दिया था और मुझे नहीं पता कि वह वास्तव में कब मुझसे प्यार करने लगा था। चूँकि मेरी उम्र उससे लगभग एक दशक छोटी थी इसलिए मेरे लिए प्यार का सवाल ही नहीं उठता था। वह हर दिन मेरे लिए कुछ न कुछ अलग चीजें लेकर आते थे और मैं मना कर देती थी और उसके पास लौट जाती थी ।”

मिस्टर डक (चिढ़ाते हुए), "ओह...प्रिय हेन ..! मैं हमेशा तुम्हारे लिए गिफ्ट लाना भूल जाता हूं। मुझसे गलती हो गई, अगर मैंने तुम्हें उपहार दिया होता तो तुम मुझसे शादी करने के लिए तैयार हो गई होती।"

श्रीमती हेन (उसके चूजों को छूते हुए), "नहीं... प्रिय दोस्त ...! आप फिर से गलत हैं। दोस्ती और शादी के बीच रिश्ते की एक पतली रेखा होती है। मैं यह मानती हूं क्योंकि मैं जन्म से भारतीय हूं। ठीक है। चलिए मैं आपको और बताती हूं। एक दिन उसने मेरी इजाज़त के बिना मुझे छुआ और मैं उससे नाराज़ हो गई। मैंने उससे कहा कि मैं कहीं और किराये का कमरा तलाश लुंगी लेकिन मैं यह सब बकवास बर्दाश्त नहीं कर सकती। तब वह सचमुच रोया और निवेदन किया कि वह मुझसे बहुत प्यार करता है और मेरे लिए उसे संभालना कठिन समय था। मैंने उसे शांत कराना और उसकी भावनाओं पर नियंत्रण रखना शुरू कर दिया। फिर उसने मेरे कपड़े छीनने शुरू कर दिए और मैं इतनी स्तब्ध रह गई कि मैं अपने कमरे में वापस चली गई और अपने आपको बंद कर दिया। मैं पूरा दिन रोती रही। अगले दिन मैं पढ़ाई के लिए गई और अपने सहकर्मी छात्र से बात की। उसने मेरे बजट के भीतर एक नए किराये के कमरे की व्यवस्था की।"

मिस्टर डक, "आखिरकार तुम्हें उससे छुटकारा मिल गया...? तुम्हारा मतलब है।"

श्रीमती हेन ने उत्तर दिया, "नहीं। जिस दिन उन्हें मेरे जाने के फैसले का पता चला तो उन्होंने माफी मांगी और मुझसे वहीं रुकने का अनुरोध किया। मैंने फिर भी किसी तरह जारी रखा और कुछ दिनों के बाद दुष्कर्म दोहराया गया। उसने कहा कि वह मेरे बिना नहीं रह सकता और कमरा निःशुल्क किराए पर देने की पेशकश की। मैं भ्रमित हो गई और फिर से दुष्कर्म दोहराया गया। फिर हर दिन वह मुझे यकीन दिलाता था कि वह मुझसे कितना गहरा प्यार करता है। एक दिन मेरे बहुत ही करीबी रिश्तेदार का फोन आया कि मेरी धन-संपत्ति, जमीन-जायदाद छीनने या मुझे मारने की साजिश रची जा रही है और एक व्यक्ति मेरे आसपास है। एक दिन मैंने उसे भारत में मेरे मिस्टर हिप्पो चाचा से बात करते हुए सुना और मुझे पता चला कि वह मुझसे यह दिखावा कर रहा था कि वह मुझसे बहुत प्यार करता है। उसका एकमात्र इरादा मुझे मार डालना था। अगले दिन ही मैंने उसे बताए बिना वह घर खाली कर दिया और यहां एक अलग किराये के कमरे में स्थानांतरित हो गई जहां मैं वर्तमान में रहती हूं। मेरी

गर्ल फ्रेंड इतनी दयालु है कि अगर मैं कमरे का किराया देने में एक सप्ताह भी देर कर दूं तो भी वह इसे सहन कर लेती है।"

कॉफ़ी लेने के बाद मिस्टर डक ने श्रीमती हेन से पूछा, "प्रिय हेन...! आपने कभी भी मुझे अपने माता-पिता, बचपन आदि के बारे में नहीं बताया। क्या मुझे यह जानने का अधिकार है?"

श्रीमती हेन ने कहा, "ज़रूर। आप जान सकते हैं। चलो....मैं आपको अपने माता-पिता और बचपन आदि के बारे में सब बताऊंगी।"

श्रीमती हेन ने अपने माता-पिता और अपने बचपन के बारे में बताना शुरू किया, "मेरी माँ एक भारतीय थीं और मेरे पिता गैर-भारतीय थे। मेरा जन्म भी भारत में हुआ। मेरा जन्म एक बहुत अमीर परिवार में हुआ। मेरे जन्म से पहले मेरे माता-पिता, विशेषकर पिता के पास बड़ी ज़मीन और संपत्ति हुआ करती थी।"

मिस्टर डक ने प्रतिक्रिया व्यक्त करते हुए कहा, "ओह। तो आप बहुत धन्य व्यक्ति हैं। फिर तुम यहाँ कैसे आई?"

श्रीमती हेन ने उत्तर दिया, "आप बिल्कुल सही हैं। मेरा जन्म मेरे माता-पिता की शादी के लगभग दस साल बाद हुआ। मेरे पास मेरे मिस्टर हिप्पो चाचा हैं। उसने यह मान लिया था कि मेरे माता-पिता के पास कभी भी कोई संतान नहीं होगी जो इन सभी धन और संपत्ति का विरासती जन्म अधिकार छीन ले और वह और मेरे चचेरे भाई उक्त धन और संपत्ति का आनंद लेंगे। प्रकृति की अलग योजनाएँ थीं और मेरा जन्म एक दशक के बाद हुआ। तभी धन और सारी संपत्ति के लिए दुर्भावना और लड़ाई शुरू हो गई।"

मिस्टर डक बीच में ही बोल पड़े, "ओह...नहीं। ये जमीन, धन और संपत्ति ही परिवार में प्रतिशोध की भावना और व्यवहार पैदा करते हैं। यह बहुत दु:ख की बात है। वैसे भी कृपया आप आगे कहे..... प्रिय हेन..!"

श्रीमती हेन ने आगे कहा, "मेरे जन्म के बाद जब मैं बड़ी हो गई तो मेरे मिस्टर हिप्पो चाचा हमारे दुश्मन बन गए और हम सभी को मारने के लिए सभी क्रूर तरीके अपनाने लगे। सर्वशक्तिमान ईश्वर की कृपा से मैं कई बार बच गई। एक दिन उन्होंने गंदा खेल खेला और कुछ किराए के लोगों के

माध्यम से मेरे माता-पिता पर हमला किया और मैं भी गंभीर रूप से घायल हो गई । मेरे माता-पिता मेरे बारे में चिंतित थे। उन्होंने परिचित मित्रों से संपर्क किया जिन्होंने मुझे उच्च अभ्यास के लिए यहां भेजने और कम से कम मेरे जीवन को सुरक्षित बनाने की व्यवस्था की। मेरे चाचा ने कानूनी रूप से मालिक होए बिना सभी भूमि, धन और संपत्ति पर अवैध कब्ज़ा भी कर लिया। मैं यहीं बस गई हूं। मैंने लड़ाई छोड़ दी है।"

मिस्टर डक, "मैं एक आपराधिक कानूनी सलाहकार हूं और मैंने देखा है कि लोग जमीन, धन और संपत्ति के लिए इतने पागल हैं कि वे छीनने के लिए कुछ भी करते हैं, हालांकि वे सच्चे मालिक नहीं हैं। मैं उनके खिलाफ लड़ना चाहता हूं। मैं सर्वशक्तिमान ईश्वर से प्रार्थना करता हूं कि वह किसी भी तरीके को अपनाकर कानून की नजर में उन्हें सफलतापूर्वक हराने में मेरी मदद करें, इसलिए मैं उन भूतों से दोस्ती करने का इच्छुक हूं जो ऐसे शिकार बन गए हैं। आप देखिए...आधुनिक समय में अपराधी इसी तरह से प्रबंधन करते हैं और संबंधित अधिकारियों के साथ अपने सर्वोत्तम कार्यालयों का उपयोग करके सबूतों को साबित करने या हेरफेर करने के लिए कोई सबूत नहीं छोड़ते हैं।"

इस पर श्रीमती हेन ने उत्तर दिया, "मिस्टर डक...! मेरे मिस्टर हिप्पो चाचा इतने असभ्य और क्रूर हैं कि उन्हें पता चल गया कि मैं यहां बस गई हूं, इसलिए उन्होंने मुझे धमकी भरे पत्र, ईमेल आदि भेजे और सारी जमीन, धन और संपत्ति पर मेरा अधिकार छोड़ने के लिए सभी कागजात पर हस्ताक्षर करने को कहा। वास्तव में मैं पारिवारिक शांति और सद्भाव के लिए अपने सभी अधिकार और संपत्ति का त्याग करने को तैयार हूं। लेकिन अब मुझे उनसे कोई संपर्क नहीं मिल रहा है, इसलिए मुझे डर है कि वे अपने किसी जानकार के जरिए मुझे मारने और मिस्टर कॉक पर हमला करने की कोशिश कर रहे हैं।"

मिस्टर डक और श्रीमती हेन ने आराम की रात बिताई। अगले दिन मिस्टर डक अपने घर लौट आए और अपने जासूसी आपराधिक परामर्श पेशे में व्यस्त हो गए।

७. पुलिस मिस्टर डक के पास पहुंची

मिस्टर डक अपने घर में नाश्ता कर रहे थे उसी समय उनके मोबाइल की घंटी बजी।

"क्या मैं एक पंजीकृत जासूस आपराधिक सलाहकार श्रीमान डक से बात कर रहा हूँ?"

मिस्टर डक ने अपने मोबाइल पर उत्तर दिया, "जी हाँ!"

"कृपया सुनिए। मैं श्रीमान लायन हूं। सरकारी आपराधिक कार्यालय से मुख्य न्यायाधीश। हमारा कार्यालय समाधान खोजने के लिए आपको एक जटिल आपराधिक मामला देना चाहता है। यदि आप रुचि रखते हैं तो क्या आप कृपया हमारे कार्यालय में आकर आवश्यक कागजात पर हस्ताक्षर कर सकते हैं और मामले की फाइल ले सकते हैं? केवल एक चीज जो आपको अपनी रिपोर्ट सहित मामले के बारे में सर्वोच्च गोपनीयता रखने के लिए एक वचन पत्र और क्षतिपूर्ति देने की आवश्यकता है। हम आपको अच्छी फीस देंगे। यदि हां..., तो कृपया संपर्क और पता लिखें और आज ही शाम चार बजे हमारे स्थानीय कार्यालय में अपनी नियुक्ति की पुष्टि करें।"

मिस्टर डक ने संपर्क और पता आदि नोट किया। फिर वे सरकारी आपराधिक कार्यालय पहुंचे और रिपोर्ट की। मिस्टर डक को मिस्टर लायन के कक्ष में ले जाया गया। उन्हें एक गिलास पानी और कॉफ़ी परोसी गई।

मिस्टर लायन, "मिस्टर डक...! हमारे पास एक भिन्न प्रकार का मामला है, शायद इस फ़ाइल में आपको सौंपे जाने वाले लाखों मामलों में से एक। आप कागजात देख सकते हैं और हमें बता सकते हैं कि क्या आप स्वीकार करना चाहेंगे या नहीं और यदि हाँ...,तो कृपया इस मामले की गोपनीयता बनाए रखने के लिए उपक्रम और क्षतिपूर्ति के लिए टेबल पर पड़े कागजात पर हस्ताक्षर करें जब तक कि इसका समाधान न हो जाए।"

मिस्टर डक फ़ाइल पढ़ने लगे। वह ज्यों-ज्यों फ़ाइल पढ़ते गए, त्यों-त्यों चकित और स्तब्ध होकर सोचने लगे की उक्त उलझा हुआ मामला मिस्टर

कॉक से संबंधित है। ठंडे दिमाग से सोचने के बाद उन्होंने मामले को स्वीकार कर लिया और उक्त मामले की गोपनीयता के लिए एक वचन पत्र और क्षतिपूर्ति पर हस्ताक्षर भी किए। श्रीमान डक अपने घर लौट आए और बहुत परेशान लग रहे थे। साथ ही वह फिर से श्रीमती हेन के बारे में गहराई से सोचने लगे।

हालाँकि मिस्टर डक श्रीमती हेन द्वारा दिए गए उत्तरों से संतुष्ट थे कि क्या उन्हें अपने पति मिस्टर कॉक के साथ वास्तव में प्यार था और मिस्टर क्रोकोडाइल के बारे में भी क्या वह सच कह रही थी? उसने सोचा कि क्यों न मिस्टर कॉक की आत्मा को आमंत्रित किया जाए और उससे ही पूछा जाए कि उसे धमकी देने और मारने के पीछे कौन अपराधी था? इसके अलावा उसका पार्थिव शरीर किसने छीन लिया और क्यों? फिर उसने अमावस्या की आधी रात को अपनी भूतों को बुलानेकी कॉलिंग किट निकाली। और इस कदर भूतों को आमंत्रित करते हैं जिसके पास तीन लोहे के पैर हैं और पास में कुछ भोजन पकवान और पानी भी तैयार रखा है।

वह कुछ शब्दों का बार-बार उच्चारण करते रहे और मिस्टर कॉक की आत्मा को आमंत्रित करते रहैं । उसने अमावस्या की आधी रात के दौरान कुछ घंटों तक इसे आजमाया और वास्तव में वह बहुत थक गए थे क्योंकि मिस्टर कॉक की आत्मा बिल्कुल भी प्रकट नहीं हुई थी। यह पहली बार था कि कोई आमंत्रित आत्मा उनके सामने नहीं आई। फिर वह थक गए और सोने चले गए।

मिस्टर डक ने सरकार द्वारा उन्हें दी गई संपूर्ण विस्तृत जानकारी का अध्ययन किया और इसे बहुत ध्यान से पढ़ा। उन्होंने सोचा कि मिस्टर कॉक के चचेरे भाई होने के नाते कम से कम मिस्टर फॉक्स और मिस कैट से मिलना उचित रहेगा।

मिस्टर डक ने श्रीमती हेन को मोबाइल पर फोन किया, "आशा है आपका स्वास्थ्य ठीक है, प्रिय हेन...? मुझे अब यह महसूस हो रहा है कि अब आप अपने घर में शांति से रहने लगे होंगे और अब कोई समस्या नहीं होगी?"

श्रीमती हेन ने उत्तर दिया, "हाँ... मिस्टर डक....! पिछले पूरे सप्ताह एक भी प्रतिकूल घटना नहीं हुई लेकिन मैं अभी भी डरी हुई हूं।"

मिस्टर डक जानते थे कि सरकार द्वारा उन्हें मिस्टर कॉक का जो मामला सौंपा गया है, उसे उन्हें सबसे गोपनीय रखना होगा और यहां तक कि किसी को भी इसकी भनक तक नहीं लगेगी। उन्होंने गहरी सोच के बाद मिसेज हेन को बताया।

"ठीक है। प्रिय हेन.....! वह डर धीरे-धीरे खत्म हो जाएगा। आपको क्या कोई अंदाज़ा हैं कि मिस्टर फ़ॉक्स और मिस कैट आपके घर कब आएगे? मैं समझता हूं कि उनसे मिलना शिष्टाचारपूर्ण रहेगा क्योंकि हम दोनों अच्छे दोस्त हैं और उनके साथ एक तरह का परिचय रखना है ताकि भविष्य में हमारे बीच कोई गलतफहमी न हो। लेकिन कृपया उन्हें मेरे पेशे के बारे में कृपया न बताएं।"

श्रीमती हेन ने उत्तर दिया, "ठीक है।आपने सही समय पर फोन किया प्रिय डक....। उन दोनों ने फोन किया और आज ही कुछ दिनों के लिए मेरे घर आ रहे हैं। तो मैं आपको भी आमंत्रित करती हूं। हम सभी को यहां बातचीत करने के लिए पर्याप्त समय मिलेगा।"

मिस्टर डक सहमत हुए और बोले, "ठीक है। मैं आज शाम को तुम्हारे घर पहुंच जाऊंगा।"

८. सटीक बातचीत

श्रीमती हेन शाम को मिस्टर फॉक्स, मिस्टर डक और मिस कैट का इंतजार कर रही थीं ताकि वे सभी एक साथ कॉफी पी सकें। घरके दरवाजे की घंटी बजी। श्रीमती हेन ने दरवाज़ा खोला। मिस्टर फॉक्स और मिस कैट दोनों वहां सामने थे। उन्होंने अंदर आने के लिए उनका स्वागत किया। तीनों गपशप कर रहे थे। तब श्रीमती हेन ने उन्हें सूचित किया,

"अच्छा......कृपया सुनीए....! आज मैंने अपने नज़दीकी खास मित्र मिस्टर डक को भी हमारे साथ रहने के लिए आमंत्रित किया है। वह बहुत अच्छा और हँसमुख इंसान है। मैंने शादी से पहले ही मिस्टर कॉक को हमारी मासूम और पारदर्शी सच्ची दोस्ती के बारे में बता दिया था।"

कुछ देर बाद दरवाजे की घंटी फिर बजी। श्रीमती हेन ने दरवाज़ा खोला। मिस्टर डक ने प्रवेश किया। मिस्टर डक को श्रीमती हेन ने मिस्टर फॉक्स और मिस कैट से मिलवाया। उन सभी ने कॉफ़ी पी और कुछ नास्ता भी किया।

मिस्टर डक के साथ कुछ संक्षिप्त बातचीत के बाद, हमेशा की तरह बहुत चालाक मिस कैट मिस्टर डक के बारे में और जानना चाहती थी। मिस्टर डक के व्यक्तित्व से प्रभावित होकर मिस कैट उनके साथ चलते उन्हें टहलने ले गईं ।इसी बात को लेकर मिस्टर फॉक्स कुछ तनाव में दिखे।

मिस्टर डक, "तो मिस कैट...! हम सभी वास्तव में मेरे चचेरे भाई मिस्टर कॉक को याद करते हैं। श्रीमती हेन बहुत उदास और परेशान हैं। अच्छा है कि आप सब यहाँ हैं ताकि आप सब उसकी बेहतर देखभाल कर सकें। वैसे आप मिस्टर कॉक की कुछ बेहद गुप्त बातें तो जानती ही होंगी, है ना? आप कहते हैं कि मिस्टर कॉक आपके चचेरे भाई हैं और आपने उन्हें बचपन से देखा है?"

मिस कैट, "हाँ....! चचेरे भाई डक बड़े ही खाने के शौकीन थे। वह काम में भी बहुत रुचि रखते थे। साथ ही वह एक बच्चे की तरह बहुत मासूम थे और

किसी के भी प्रभाव में आ जाते थे इसलिए मैं और मिस्टर फॉक्स हर समय उसके बारे में चिंतित रहते थे।"

अचानक मिस कैट ने विषय बदलते हुए कहा, "मिस्टर डक..! क्या आप शादीशुदा हैं? आप बहुत सुंदर लग रहे हो।"

मिस्टर डक ने प्रतिक्रिया व्यक्त की, "बहुत... बहुत.... धन्यवाद मिस कैट...। क्या मैं सुंदर हूं.....! नहीं...नहीं...मुझे विश्वास नहीं है। यह बहुत ज्यादा है। लेकिन मैं अभी भी अविवाहित हूं।"

मिस कैट, "तुम्हारे जीवन में श्रीमती हेन जैसा कोई आया होगा?"

मिस्टर डक ने उत्तर दिया, "देखिए... श्रीमती हेन और मैं लंबे समय से बहुत अच्छे दोस्त हैं। लेकिन हम सिर्फ अच्छे दोस्त हैं, इससे ज्यादा कुछ नहीं। श्रीमती हेन ने मिस्टर कॉक को हमारी दोस्ती के बारे में सूचित किया था लेकिन दुर्भाग्य से मुझे मिस्टर कॉक से मिलने का कोई अवसर नहीं मिला क्योंकि मैं कुछ समय के लिए विदेश में था।"

मिस कैट ने कहा, "ठीक है। अच्छा। तो फिर मुझे आपमें दिलचस्पी है मिस्टर डक। वैसे आपका काम क्या है?"

मिस्टर डक, "मुझे लगता है कि कोई भी इच्छुक लड़की यह सवाल जरूर पूछेगी। मेरा शेयर ब्रोकिंग का व्यवसाय है।" मिस्टर डक ने दिखावा किया।

मिस कैट, "तो आप एक महान जुआरी हैं!"
मिस्टर डक ने उत्तर दिया, "हाँ। जोखिम लेने वाला लेकिन बहुत गणना करने वाला जुआरी भी।"

मिस कैट ने पूछा, "मिस्टर डक....! शादी करने वाली कोई भी लड़की निश्चित रूप से आपकी स्थिर संपत्ति देखेगी और जोखिम कारक से डर सकती है?"

मिस्टर डक शांत रहे और मुस्कुराये। इस गपशप करते-करते वे आधा मील चले। मिस्टर डक ने मिस कैट से पूछा,

"मिस कैट...! क्या अब तक आपका किसी के साथ कोई अफेयर रहा है?"

मिस कैट ने उत्तर दिया, "क्यों? मुझे लगता है कि मेरी उम्र में किसी से भी प्यार हो जाना बहुत स्वाभाविक है।"

मिस्टर डक, "आप डॉ. आउल को कब से जानती हैं? मुझे लगता है कि आप अभी भी उनके बहुत करीबी संपर्क में हैं?"

मिस कैट सचमुच स्तब्ध रह गईं और बोलीं, "तुम्हें हमारे प्रेम संबंध के बारे में कैसे पता? मिस्टर डक...! मेरे भाई मिस्टर फॉक्स को छोड़कर किसी को भी इस बारे में जानकारी नहीं है।"

मिस्टर डक, "ओह...! मैंने यूं ही पूछ लिया, क्योंकि एक बार मैंने आप दोनों को उसके बंद कांच वाली केबिन में बहुत देर तक देखा था और कंपाउंडर ने कहा था कि इस मरीज की जांच करने में काफी समय लगेगा। और अगली बारी मेरी थी। डॉ. आउल से मुलाकात करने के लगभग आधे घंटे तक इंतजार करने के बाद मैं बिना रुके मैं वहां से चला गया ।"

मिस कैट, "ओह... मिस्टर डक...! आप शरारती आदमी लगते हो! हम केवल दोस्त हैं...! आप जैसा समझते हैं ऐसा कुछ भी नहीं। जैसे आप और श्रीमती हेन...!" मिस कैट ने चतुराई से विषय को वहीं ख़त्म कर दिया।

फिर मिस कैट गहराई से सोचने लगीं कि यह रहस्य कहीं उजागर न हो जाए इसलिए मिस कैट ने अपने दोनों हाथ मिस्टर डक के पिछले कंधों पर रख दिए। तब मिस्टर डक ने उनको छूने का आनंद लिया।

इसी तरह बातें करते-करते वे दोनों श्रीमती हेन के घर लौट आये। रात्रि भोज के दौरान और उसके बाद उन्होंने खूब गपशप की। अगले दिन मिस कैट और मिसेज हेन किराने का सामान लेने बाहर गईं। फिर मिस्टर डक ने मिस्टर फॉक्स के साथ चर्चा शुरू की।

मिस्टर फॉक्स ने मिस्टर डक से पूछा, "मिस्टर डक......! मुझे आपकी देखभाल करने की प्रकृति पसंद है लेकिन वैसे आपका पेशा क्या है?"

मिस्टर डक का सहज उत्तर था, "मैं स्टॉक ब्रोकिंग व्यवसाय में हूं। और आप का व्यवसाय क्या है?"

मिस्टर फॉक्स ने उत्तर दिया,"मैं एक जीवन बीमा एजेंट के रूप में काम करता हूँ।"

मिस्टर डक ने पूछा, "क्या आपको लगता है कि मिस्टर कॉक वास्तव में दिल की बिमारी से पीड़ित थे?"

मिस्टर फॉक्स ने उत्तर दिया, "क्यों भाई? जब डॉक्टर ने उसकी जांच की और बताया कि हम सभी मानते हैं कि उसे दिल का दौरा पड़ा है। लेकिन आप यह सवाल मुझसे क्यों पूछ रहे हो?"

मिस्टर डक (प्यार भरी मुस्कान देते हुए), "क्योंकि आप एक प्रतिष्ठित कंपनी के जीवन बीमा एजेंट हैं। मिस्टर फॉक्स, आपने अपनी आखिरी जीवन बीमा पॉलिसी कब ली थी? आपको पता ही होगा कि मिस्टर कॉक के जीवन को कवर करने वाली जीवन बीमा पॉलिसी में उनके नॉमिनी के रूपमें किसका नाम हैं?"

मिस्टर फॉक्स का चेहरा गंभीर लग रहा था और उन्होंने चिढ़कर जवाब दिया,

"सुनिये...! मिस्टर डक...! यह हमारा निजी मामला है और आपको ये सब व्यक्तिगत बातें पूछने का कोई अधिकार नहीं है। जैसा कि हम जानते हैं श्रीमती हेन ने कहा कि आप उनके बहुत अच्छे दोस्त हैं.. आप उन्हें कितने समय से जानते हैं और आप हमारे घर के मामले के बारे में सभी आंतरिक और निजी विवरण जानने के लिए इतने उत्सुक क्यों हैं?"

मिस्टर डक ने उत्तर दिया, "प्रिय मिस्टर फॉक्स...! कृपया अनावश्यक रूप से नाराज़ और परेशान न हों, मैं उनका निकटका और बहुत करीबी दोस्त हूं और हमारे मन में एक-दूसरे के प्रति नरम रुख है, इसलिए भावुक होकर मैंने यह विषय शुरू किया है, अन्यथा आप बिल्कुल सही हैं, मुझे इन सब पर यूं ही चर्चा करने की भी कोई चिंता नहीं है। घरेलू मामले हैं। मुझे क्षमा करें..मिस्टर फॉक्स...!"

मिस्टर फॉक्स किसी तरह निश्चिंत हो गए और बोले, “नहीं, नहीं... मुझे इसे हल्के में लेना चाहिए था।लेकिन जहां तक मिस्टर कॉक की जीवन बीमा पॉलिसी के नामांकन की बात है, तो मेरे और मिस कैट के नाम संयुक्त रूप से नामांकित व्यक्ति के रूप में हैं।

मिस्टर डक ने पूछा, "एक बड़ी बीमा राशि होनी चाहिए?"

मिस्टर फॉक्स, “देखिए... मिस्टर कॉक धन और दिल से बहुत अमीर थे इसलिए जाहिर तौर पर वह इसके लिए सहमत हो गए।”

मिस्टर डक के पास एक और सवाल था इसलिए उन्होंने मुस्कुराते हुए पूछा, “मिस्टर फॉक्स...! वह बीमा पॉलिसी कब ली गई थी?”

मिस्टर फ़ॉक्स ने ऐसे उत्तर दिया मानो उसकी गर्दन में कोई काँटा चुभ गया हो, हो सकता है कुछ महीने पहले की बात हो... “मुझे तारीख तो वैसे याद नहीं है... लेकिन फिर आप यह सवाल क्यों पूछ रहे हैं?”

मिस्टर डक ने चतुराई से उत्तर दिया, “कृपया परेशान न हों।”

मिस्टर फ़ॉक्स, “हाल ही में... शायद...!

मिस्टर डक, “हाल ही में लिया गया होगा....क्योंकि इसका सीधा संबंध उनके जीवन से है...।”

मिस्टर डक और भी परेशान हो गए जैसे कोई मछली का कांटा उनको गले में फंसा हो। उन्होंने चतुराई से मामले को संभाल लिया।

मिस्टर डक बीमा नामांकन मामले के बारे में सोचने लगे। फिर उन दोनों ने चर्चा का विषय बदल दिया और एक कप कॉफ़ी का आनंद लिया।

अगले दिन सुबह-सुबह वे सभी अपने-अपने घर चले गये।

९. गुप्त बैठक

मिस कैट अपने घनिष्ठ मित्र डॉ. आउल से मिलने उनके आवास पर गईं। उन्होंने उन्हें बहुत प्यार से गले लगाया। डॉ. आउल ने भी यही प्रतिक्रिया व्यक्त की। चूँकि लगभग दोपहर हो चुकी थी इसलिए उन्होंने दोपहर का स्वादिष्ट भोजन किया। डॉ. आउलने फिर मिस कैट से पूछा,

"तो प्रिय कैट...! हम सबसे अमीर बनने के लिए कई योजनाओं पर काम कर रहे हैं लेकिन मामला कहीं फंस गया है। मामले में कोई बात आगे बढ़ी क्या? क्या आपको मिस्टर कॉक का शव मिल सका? क्या उसने अपनी वसीयत में आपके नाम का उल्लेख किया है? तभी हमारी शादी सफल हो सकती है, है ना?"

मिस कैट ने कहा, "प्रिय डॉ. आउल ...! पुलिस अभी भी डियर कॉक के शव की तलाश कर रही है। मैंने वसीयत का पता लगाने की कोशिश की लेकिन नहीं मिल सका। वास्तव में मैंने योजना बनाई थी और खुद को एक बूढ़ी औरत के रूप में बदल लिया था और श्रीमती स्किरल को भूत का नाम दिया था और गायब हो गई थी। इस तरह मैंने श्रीमती हेन के साथ रातें बिताईं। लेकिन फिर भी मुझे श्रीमती हेन के घर से वसीयत नहीं मिली? मुझे बहुत अफसोस है... ।"

यही बात सुनकर डॉ. आउल परेशान हो गए। उसने कहा,

"प्रिय मिस कैट ...! यदि मिस्टर कॉक का शव कोल्ड स्टोरेज से गायब हो गया है...मुझे संदेह है कि सबसे अमीर बनने की हमारी दौड़ में कोई और भी शामिल है! क्या आपको ऐसा नहीं लगता? हमारी शादी में भी इसी वजह से देरी होती है। हमें यह पता लगाने की कोशिश करनी चाहिए कि वह कौन और कहां है? बड़े आश्चर्य की बात है कि पुलिस भी इसका पता नहीं लगा पा रही है। यह वास्तव में लंबा समय है।"

मिस कैट ने लगभग शारीरिक रूप से डॉ. आउल के सामने आत्मसमर्पण कर दिया और बोली, "प्रिय डॉ. आउल..! गबराओ मत । अगर हम शादी नहीं करेंगे तो क्या फर्क पड़ेगा? हम अब भी हमेशा की तरह आनंद लेंगे।"

डॉ. आउल गहराई से सोचते हुए बोले, “प्रिय मिस कैट ..! क्या तुम मुझे प्रेरित करके बहुत होशियार नहीं बन रही हो? फिर मैं आपसे शादी किए बिना जमीन, धन और संपत्ति के सभी अधिकारों का कानूनी तौर पर आनंद कैसे उठाऊंगा और साझा करूंगा। या आप बस यही चाहते हैं कि मैं धीरे-धीरे उससे बाहर आ जाऊं?”

मिस कैट को यह एहसास हुआ कि डॉ. आउलको कुछ गंध आ गई है।

“प्रिय डॉ. आउल ...! आप ऐसा कैसे सोच सकते हैं? आप अपने हिस्से के हकदार हैं भले ही हम शादी न करें...आप देखिए। आपका हिस्सा अच्छे से सुरक्षित है। लेकिन पहले वह धन और संपत्ति मेरे पास आने दो।”

डॉ. आउल, “ठीक है। क्या तुम मुझसे प्यार करती हो या नहीं मुझे बताओ?”

मिस कैट ने प्रतिक्रिया व्यक्त की, "प्रिय आउल ....! हम दोनों पहले धन और संपत्ति से प्यार करते हैं और हमारा प्यार बाद में आएगा। बाकी हमारा रिश्ता जरूर बना रहेगा। कृपया आराम करें। बस आनंद लेते रहें और सोचें कि धन, जमीन और संपत्ति को जल्दी से अपने पक्ष में करने के लिए हमें क्या करना होगा?”

डॉ. आउल कुछ देर सोचते हैं और बताते हैं, “देखो... प्रिय मिस कैट .! यहां मेरा एक मित्र है जो संपत्ति या व्यक्ति के अधिकार छीनने में माहिर है। आप कौन सा विकल्प पसंद करेंगे? लेकिन इसमे कुछ धन व्यय हो सकता है।”

मिस कैट ने कुछ देर सोचा और कहा, “मुझे लगता है कि हमें पहले मेरे चचेरे भाई मिस्टर फॉक्स को भी विश्वास में लेना होगा। यदि हमारी योजना सफल होती है तो आधा हिस्सा किसी भी तरह से मेरे चचेरे भाई मिस्टर फॉक्स को भी साझा करना होगा। यदि आप सहमत हों तो क्या मैं उन्हें हमारी गुप्त बैठक में इस विषय पर चर्चा करने के लिए यहाँ आमंत्रित कर सकती हूँ?”

डॉ. आउल ने तुरंत कहा, “हाँ... हाँ...! ज़रूर । बस अभी ही उसे आमंत्रित कर लो।”

मिस कैट कॉल कनेक्ट करती है और मिस्टर फॉक्स को डॉ. आउल का पता बताते हुए उन्हें वहां आने के लिए आमंत्रित करती है।

लगभग एक घंटे के बाद मिस्टर फॉक्स डॉ. आउल के घर में प्रवेश करते हैं। उन्हें पानी और शीतल पेय परोसा गया।

इसके बाद मिस कैट ने मिस्टर फॉक्स से कहा, "देखो... प्रिय भाई.. फॉक्स..! हम दोनों इस बात से चिंतित हैं कि मिस्टर कॉक के शव की खोज में बहुत अधिक समय लग रहा है और मैंने श्रीमती हेन से वसीयत प्राप्त करने की कोशिश की लेकिन मैं उसका पता नहीं लगा सकी। श्रीमती हेन बार-बार दोहराती हैं कि डियर कॉक ने कोई वसीयत नहीं बनाई है। इन परिस्थितियों में क्या हम डॉ. आउल के एक मित्र है जो संपत्ति या व्यक्ति के अधिकार छीनने में माहिर है उसका लाभ उठा सकते हैं और उसके साथ काम कर सकते हैं जिसके पास सारा धन, जमीन और संपत्ति हमारे लिए कोई रास्ता अपनाकर या प्राप्त करने की योजना हो और साथमे श्रीमती हेन से भी छुटकारा? आपके क्या विचार हैं भाई?"

श्री फ़ॉक्स ने गहन विचार करने के बाद चुप्पी तोड़ी और कहा,

"हां।" मैं सहमत हूं । मामला बहुत लंबा खिंचता जा रहा है और कीमती समय भी दिन-ब-दिन बर्बाद होता जा रहा है। यहां तक कि पुलिस भी डियर कॉक के शव का पता लगाने की स्थिति में नहीं है। लेकिन इससे एक और सवाल पैदा होता है कि क्या उन सभी अधिकारों के लिए लड़ने की दौड़ में भी क्या कोई और भी है?"

डॉ. आउल ने सहमति जताते हुए कहा, "हां.. बिल्कुल... हमारे विचार यहां एक रूप और एकमत हैं। मुझे लगता है कि कोई तो होगा जिसने जानबूझकर मिस्टर कॉक के पार्थिव शरीर को छीन लिया होगा। वसीयत के अभाव में जब तक उनका शव नहीं मिल जाता, तब तक उनके सभी प्रयास और कानूनी औपचारिकताएं पूरी नहीं हो जातीं, उस समय तक श्रीमती हेन के अपने उनके पास ही सभी भूमि, धन और संपत्ति के अधिकारों को जारी रखने का अधिकार प्राप्त हे। यदि वह वसीयत निष्पादित की गई है तो स्पष्ट रूप से हमारे कानूनी अधिकारों को हमें सौंपने का उल्लेख होगा। क्योंकि डियर कॉक और श्रीमती हेन ने वैध रूप से विवाह किया है और उनके वैध विवाह के बारे में हम सभी जानते हैं।

क्या यह संभव है कि श्रीमती हेन ने जानबूझकर डियर कॉक के शव को गायब कर दिया होगा और हमारे साथ खेल खेल रही होगी?"

मिस कैट ने टोकते हुए कहा, "हो सकता है...! हम इसे नजरअंदाज नहीं कर सकते....। हो सकता है कि वह दिखावा कर रही हो। इसलिए श्रीमती हेन नामक कांटे को हटाने का एकमात्र यथासंभव जल्दी तरीका और क्या हो सकता है....?"

बात करते काफी रात हो गई और वे सभी सो गए। अगले दिन उक्त विषय पर चर्चा शुरू हुई और समाधान ढूंढने का प्रयास किया गया।

आख़िरकार ऐसा निर्णय लेने के बाद डॉ. आउलने उस व्यक्ति को अपने घर पर बुलाया और महत्वपूर्ण संदेश दिया, जिससे श्रीमती हेन के बारे में सारी जानकारी मिल गई। उन सभी ने श्रीमती हेन से छुटकारा पाने के लिए समय सीमा भी निर्धारित की।

लेकिन जब उस आदमी को बताया गया कि डॉ. आउल ने मिस कैट के माध्यम से हस्तक्षेप किया है, क्योंकि उसके साथ उनके निहित संबंध हैं, तो मिस्टर फॉक्स ने फिर से गहराई से सोचना शुरू कर दिया। लेकिन साथ ही वह सोचने लगे कि हिस्सा बंट सकता है और क्या उसकी बहन मिस कैट और डॉ. आउल पर भरोसा किया जा सकता है या नहीं? ऐसा भी हो सकता है कि उन्हें रणनीतिक तौर पर उनके सभी अधिकारों से बाहर भी कर दिया जाये !

इसके बाद मिस कैट ने मिस्टर फॉक्स के विचारों को परख लिया और अचानक एक विचार के साथ सामने आईं और सभी को बताया,

"मेरे पास और एक विचार है। क्यों न हम पुलिस प्रमुख से मिलने जाएं जो डियर कॉक के मामले को संभाल रहे हैं ताकि पूछताछ की जा सके और मामले की नवीनतम स्थिति जानने की कोशिश की जा सके। इससे उसे यह भी आभास होगा कि हम वास्तव में प्रिय कॉक के लिए चिंतित हैं और हम श्रीमती हेन के खिलाफ कुछ कहकर उनके कान भर सकते हैं और पुलिस के साथ हमारी छवि हमारे लिए अच्छे के रूप में बना सकते हैं।"
डॉ. आउल यह जानकर प्रसन्न हुए और उन्होंने उत्तर दिया, "यह वास्तव में अदभुत विचार है।"

मिस्टर फॉक्स ने कहा, "मुझे यकीन नहीं है कि हम गलती कर रहे हैं या नहीं, लेकिन फिर भी बहुमत की जीत होती है। हम जा सकते हैं और पुलिस प्रमुख से मिल सकते हैं और चर्चा के अनुसार बात कर सकते हैं।"

अगले दिन वे जाकर पुलिस प्रमुख से मिले। मिस कैट ने नेतृत्व किया। उसने सिर्फ आंखों में आंसू भरकर दिखावा किया और पूरे दर्द के साथ पुलिस प्रमुख से पूछा,
"आदरणीय महोदय...! मैं मिस्टर कॉक की चचेरी बहन हूं जिसका शव अभी भी गायब है और आप मामले की जांच कर रहे हैं। बेशक आप सभी उस अपराधी को पकड़ने की पूरी कोशिश कर रहे हैं जो उसका मृत शरीर ले गया। सर उम्मीद है कि मामले में कोई प्रगति होगी।"

मिस्टर फ़ॉक्स ने कहा, "आदरणीय महोदय..! हनें पूरा विश्वास है कि आप और आपकी जनशक्ति सर्वश्रेष्ठ प्रयास कर रही है। लेकिन उनके चचेरे भाई होने के नाते हम प्रगति जानने के लिए उत्सुक हैं।"

पुलिस प्रमुख ने जवाब दिया, "'देखिए...! हम अपना काम कर रहे हैं। हम समझते हैं कि मिस्टर कॉक आपके चचेरे भाई थे। हमने सभी संबंधित पक्षों से मुलाकात की थी और आप दोनों सहित प्रत्येक से व्यक्तिगत रूप से सभी संबंधित मामलों की पूछताछ की थी। लेकिन आप इतनी जल्दी में क्यों हैं?"

मिस कैट ने तुरंत उत्तर दिया, "माई लॉर्ड....! हम उसके चचेरे भाई बहन हैं। वसीयत के माध्यम से उन्हें अपने धन, संपत्ति और संपत्ति में अपना हिस्सा देना था। श्रीमती हेन द्वारा हमें सही प्रतिक्रिया नहीं दि गई कि क्या मिस्टर कॉक ने वसीयत निष्पादित की और हमें हमारा उचित हिस्सा दिया? देखिए सर...! किसी भी देरी से अवांछित स्थिति पैदा हो सक्ती है और श्रीमती हेन उनकी पत्नी को इन सबका आनंद लेने देंगी और परिणामस्वरूप हम वंचित रह जाएंगे।"

पुलिस प्रमुख ने उत्तर दिया, "लेकिन श्रीमती हेन हमारे सामने अब तक किसी भी वसीयत के मामले में सामने नहीं आई हैं। हमें उनसे बात करने की ज़रूरत है कि कोई भी वसीयत मिस्टर कॉक द्वारा निष्पादित की गई थी या नहीं।"

मिस्टर फॉक्स ने उत्तर दिया, "हमने अपने विचार साझा किये। बहुत बहुत धन्यवाद...!आदरणीय महोदय! हमें खेद है कि हमने बिना अप्वाइंटमेंट के आपको परेशान किया।"

घर लौटते समय डॉ. आउल पुलिस प्रमुख के उत्तर से खुश नहीं थे और मिस्टर फॉक्स परेशान थे कि क्या मिस कैट ने पुलिस प्रमुख के पास जाकर वसीयत के बारे में बताने में कोई जल्दी तो नहीं की थी?

उन सभी ने धन्यवाद दिया और निराश होकर घर चले गए।

घर लौटने के बाद मिस्टर फॉक्स को अच्छी नींद नहीं आ सकी।

इस बीच में पुलिस प्रमुख ने श्रीमती हेन को फोन किया और बताया कि मिस कैट, मिस्टर फॉक्स और डॉ. आउल इस मामले में नवीनतम प्रतिक्रिया के बारे में पूछताछ करने के लिए वहां आए थे और मुख्य रूप से मिस्टर कॉक द्वारा निष्पादित किसी वसीयत के बारे में जानने के लिए आए थे?

श्रीमती हेन ने उत्तर दिया, "आदरणीय महोदय! मैं मिस्टर कॉक के शव का पता लगाने की जल्दी में हूं और वे सभी बीमा पॉलिसी, वसीयत और उसके दावे आदि की खोज में हैं। वे सभी वसीयत के लिए बेताब हैं कि क्या यह मिस्टर कॉक द्वारा बनाई गई है? जहां तक मैं जानती हूं मिस्टर कॉक ने मुझे उनके द्वारा निष्पादित किसी भी वसीयत के बारे में कभी नहीं बताया। कृपया मुझ पर भरोसा करें। यदि आप चाहें तो मैं इस मुद्दे को स्पष्ट करने के लिए व्यक्तिगत रूप से कोर्ट में पेशगी दे सकती हूं।

१०. हस्तलिखित छोटे कागजका टुकड़ा

पुलिस प्रमुख का फोन आने पर श्रीमती हेन आश्चर्यचकित और परेशान हो गईं कि मिस कैट, मिस्टर फॉक्स और डॉ. आउल आए थे और वसीयत के माध्यम से जमीन, धन और संपत्ति में अपना हिस्सा पाने की जल्दी में थे। उन्होंने पुलिस प्रमुख से व्यक्तिगत रूप से मिलना और गुफ़्तगू करना उचित समझा।

उसने अपनी कॉफ़ी ख़त्म की और पुलिस प्रमुख से मिलने चली गई। पुलिस प्रमुख ने उसकी ओर देखते हुए उससे सीट पर बैठने का अनुरोध किया और फिर कहा,

"श्रीमती हेन...! देखिए.... यह हमारा कर्तव्य है कि हम आपको मिस्टर कॉक की नवीनतम प्रतिक्रिया और मामले में प्रगति के बारे में सूचित रखें। हमें खेद है कि अपराधी की तलाश में देरी हुई। हम आपको आश्वस्त करते हैं कि हम काम पर हैं और जल्द ही खोज के साथ वापस आएंगे।"

श्रीमती हेन की आँखों में आँसू आ गये और उन्होंने कहा, "आदरणीय महोदय...! जहां तक मेरी जानकारी है, मैं समझती हूं कि मिस्टर कॉक ने कोई वसीयत नहीं बनाई है या कम से कम उन्होंने मुझे इसके बारे में सूचित नहीं किया है। मुझे कम से कम मैं मिस्टर कॉक का चेहरा देखकर खुशी होती। मुझे कभी नहीं पता था कि हम आखिरी बार मिल रहे हैं। एक बार मुझे स्वप्न आया कि वह मुझे अपने रैक संख्या सताईस की जाँच करने का संकेत दे रहे है जहाँ उसका पार्थिव शरीर कोल्ड स्टोरेज में रखा गया था। मुझे नहीं पता कि यह शायद मेरा विचार भी हो सकता है।"

पुलिस प्रमुख ने कहा, "कोई बात नहीं। यदि आप चाहें तो हम आपको वहां ले जा सकते हैं और आप रैक संख्या सताईस देख सकते हैं। रैक संख्या सताईस कोल्ड स्टोरेज में लेकिन मुझे डर है कि उसके बाद इतने सारे शव रखे गए होंगे और इससे कोई फायदा नहीं होगा लेकिन फिर भी हम अनुमति ले सकते हैं और वहां के प्राधिकारी से अनुरोध कर सकते हैं।"

पुलिस प्रमुख ने तुरंत उक्त अधिकारी को बुलाया और मामले को समझाया। पुलिस प्रमुख और श्रीमती हेन वहां गए और उन्हें रैक नंबर देखने की विशेष अनुमति दी गई।

पुलिस ने उसे उक्त रैक संख्या सताईस में पर्याप्त रोशनी देकर बैटरी से देखने में मदद की। जिस वक्त उसने वहां देखा वह उन दुःखद पलों को याद कर खूब रोई। जब टॉर्च की रोशनी बहुत गहराई तक गई तो उसने वहां एक छोटे कागज का टुकड़ा यानी छोटी सी चिट देखि और पुलिस प्रमुख का ध्यान आकर्षित किया। पुलिस प्रमुख ने प्राधिकारी की मदद ली और उस छोटी सी चिट को मंगवाया और श्रीमती हेन को सौंप दिया।

उसी की ओर देखते हुए मिसेज हेन ने तुरंत कहा, "ये मिस्टर कॉक की ही लिखावट हैं। वे हमेशा लाल कलम से लिखते थे और अक्षर 'जी' भी इसी शैली में लिखते थे। लेकिन मैं यह नहीं समझ पा रही हूं कि उन्होंने जो शब्द लिखे हैं, उनसे उनका क्या मतलब है।"

पुलिस प्रमुख ने वह छोटे कागज का टुकड़ा यानी छोटी सी चिट जो जर्जर थी, अपने हाथ में ली और पढ़ने की कोशिश की। छोटी सी चिट पर "जीवित भूत" लिखा हुआ था। यह पढकर श्रीमती हेन भी भ्रमित रह गई।

पुलिस प्रमुख ने संबंधित कर्मचारियों के साथ इस मामले की जांच की कि क्या यह संभव है कि यह चिट रैक संख्या सताईस में रखे मिस्टर कॉक के शव का हो सकता है।

संबंधित स्टाफ सदस्य ने उत्तर दिया, "हम आम तौर पर रैक को साप्ताहिक रूप से धोते हैं लेकिन इस रैक संख्या सताईसको हमने बंद कर रखा था क्योंकि आपकी पुलिस जांच अभी भी जारी है और मिस्टर कॉक के शव के बाद हमने वहां कोई शव नहीं रखा है। इसलिए यह काफी संभव है कि इससे पहले कि कोई उसका शव ले जाता, कोट की जेब से छोटे कागज का टुकड़ा यानी छोटी सी चिट शायद बाहर निकली हो!"

मामले में उस अप्रत्याशित मोड़ से पुलिस प्रमुख और भी हैरान हो गए। हो सकता है कि यह कोई नई सुराग हो।

श्रीमती हेन और पुलिस प्रमुख दोनों इस बात से आश्चर्यचकित थे कि उन शब्दों का अर्थ कैसे और क्या समझा जाए? यदि मिस्टर कॉक ने उन्हें "जीवित भूत" के रूप में लिखा था।

११. मिस्टर डक का भारत दौरा

एक दिन सुबह मिस्टर डक को उनके मित्र मिस्टर ऑक्स का फोन आया। श्री ऑक्स मूल रूप से एक भूविज्ञानी थे और उनकी भारत जाने और भारत में गुजरात राज्य और विशेष रूप से गिरनार पर्वत का दौरा करने और वहां कुछ बहुत ही जानकार संतों से मिलने की अत्याधिक इच्छा थी, क्योंकि उस बर्फबारी वाले सर्दियों के मौसम में बहुत ठंड के कारण हिमालय से कई ज्ञानी संत आते रहते हैं और गिरनार पर्वत पर ठहरते है। उन्होंने किताबों में भारतीय संतों के बारे में बहुत कुछ पढ़ा था। इसलिए मिस्टर डक ने इनकमिंग कॉल उठाई और जवाब दिया, "नमस्ते ...! मिस्टर ऑक्स। क्या हाल हे दोस्त? बहुत दिनों बाद तुमने मुझे फ़ोन किया। भूविज्ञान में आपका शोध कैसी चल रही है?"

मिस्टर ऑक्स ने उत्तर दिया, "जी ..! मैं ठीक हूँ। मिस्टर डक...! मैंने आपको बस यह कहने के लिए फोन किया था कि मैं जल्द ही फिर से भारत का दौरा कर रहा हूं। तुम भी मेरे साथ चलने को उत्सुक थे। मुझे पता है की आपके पास वैध वीज़ा भी है। क्या मेरे साथ शामिल होना पसंद आएगा आपको? मेरा प्रवास लगभग एक पखवाड़े तक गुजरात, भारत विशेषकर गिरनार पर्वत में रहेगा। वहां और कच्छ के आस-पास के क्षेत्र में प्लेटों के नीचे के भूकंपों का अध्ययन करने के लिए, मुझे कुछ भूविज्ञान अध्ययन, अनुसंधान और रिपोर्ट करनी होगी। हमें वहां कुछ ज्ञानी संतों से मिलने का अवसर भी मिलेगा।"

मिस्टर डक ने उत्तर दिया, "ज़रूर। मैं साथ दूँगा। वैसे तो मुझे एक बहुत ही गंभीर जासूसी का मामला संभालना है लेकिन मैं लगभग एक पखवाड़े के लिए भारत जाने की अनुमति लूंगा। ठीक है। कृपया मुझे बताएं कि आप भारत के लिए कब निकलने की योजना बना रहे हैं?" मिस्टर ऑक्स ने उत्तर दिया, "अगले शुक्रवार को ही। तो क्या मैं आपका टिकट बुक कर सकता हूँ?"

मिस्टर डक सहमत हुए, "ज़रूर। मैं तुम्हें अपना हिस्सा चुकाऊंगा।"
तब मिस्टर डक को उनके आवेदन पर स्थानीय सरकार से भारत आने की अनुमति मिल गयी। मिस्टर ऑक्स और मिस्टर डक दोनों भारत पहुंचे। वे

गुजरात राज्य में घटनास्थल पर पहुंचे। उन्हें गिरनार पर्वत के पास एक अच्छा आवास होटल भी मिला।

अगले दिन मिस्टर ऑक्स अपने सहकर्मी मिस्टर हाथी से मिले।

उन्हों ने कहा, "'मैं यहां कुछ भूवैज्ञानिक अनुसंधान के सिलसिले में आया हूं। मैं अपने घनिष्ठ मित्र मिस्टर डक, जो पेशे से जासूस है, के साथ भारत आया हूँ। हम दोनों गिरनार पर्वत पर संतों से मिलने के लिए बहुत उत्सुक हैं। कृपया आप हमारी कैसे मदद और मार्गदर्शन कर सकते हैं। मैं हृदय से आपका आभारी रहूँगा।"

श्रीमान हाथी ने कुछ देर सोचा और फिर बोले,

"वैसे आप फरवरी के महीने में सही मौसम में आये हैं। आपको शायद यहां कुछ संतों से मिलने का अवसर मिल सकता है क्योंकि आम तौर पर हिमालय में चरम सर्दियों में उनमें से कुछ यहाँ आते हैं और गर्मियों के अंत तक गिरनार पर्वत के बहुत ही अज्ञात आंतरिक भाग में रहते हैं और फिर हिमालय लौट जाते हैं। आमतौर पर उनसे मिलना संभव नहीं है लेकिन हम आज कोशिश जरूर करेंगे। ऐसे में वे एक तरह से समाधि में हैं और लोगों से नहीं मिलते। वैसे भी हम एक मौका जरूर लेंगे।"
मिस्टर ऑक्स और मिस्टर डक दोनों ने इस पर ध्यान दिया और बहुत खुश हुए कि श्रीमान हाथी उन्हें वहां ले जाने के लिए तैयार हैं। अगले दिन मिस्टर ऑक्स और मिस्टर डक श्रीमान हाथी के साथ गिरनार पर्वत के नीचे से चलकर भारतीय संतों से मिलने गए। वे बहुत गहरे घने जंगल में चले गए जहाँ उन्हें गुफाएँ दिखाई दीं जिनके भीतर उन संतों का मानना था कि वे बहुत गहरी समाधि में थे जिसका अर्थ है एकाग्रता और अपने परम सुख का आनंद ले रहे थे जो अनंत है।

अचानक बारिश होने लगी। फरवरी में यह बारिश इतनी बेमौसम थी और उन्होंने खुद को एक गुफा में छिपाने की कोशिश की। उन्होंने श्रीमान हाथी का पीछा किया जो एक गुफा के भीतर चले गए। वहाँ एक संत समाधि मुद्रा में थे। उनकी आँखें वैसे ही बंद थीं। उस दरमियान तीनों चुपचाप उनके सामने आ गए। उन्हें आश्चर्य हुआ जब संत ने अपनी आँखें खोलीं और कहा, "यहां गिरनार में मेरी गुफा में आपका स्वागत है! मैं समझता हूं कि आप

बचपन से ही किसी भारतीय संत से मिलने के लिए उत्सुक थे। इसलिए आप आज यहां मेरे सामने हैं।"

आश्चर्यचकित होकर तीनों ने बिल्कुल विशिष्ट भारतीय सांस्कृतिक तरीके से हाथ मिलाकर अपना सम्मान व्यक्त किया।

श्रीमान हाथी ने चुप्पी तोड़ी, "महात्मा जी ...! बाहर अचानक हुई बेमौसम बारिश के कारण हम आपकी सहमति के बिना आ गए हैं, इसलिए अगर हमने आपको परेशान किया है तो सबसे पहले हम सभी को बहुत खेद है और हम सब माफ़ी चाहते हैं। हमारे यह परदेशी मित्रको भारतीय ज्ञानी संत से मिलने की बहुत इच्छा थी। उन्हें ये इच्छा है कि वे भारतीय ज्ञानी संतसे बहुत सी चीजें सीखें और अपना बहुमूल्य आशीर्वाद प्राप्त करें।"

संत ने उत्तर दिया, "मुझे पता है.....वास्तव में प्रकृतिने इस बैठक की व्यवस्था की है और परिस्थितियाँ निर्मित हुई हैं। सबसे पहले मैं आपको तीनोंको बता सकता हूं कि कृपया इस प्रसाद को लें आप इसे जडीबुटि कह सकते हैं ताकि आपके पार्थिव शरीर शुद्ध हो जाएं। फिर हम मिलेंगे और चर्चा करेंगे।"

तीनों ने प्रसाद खाया। फिर संत ने उन्हें पास ही पहाड़ से गिर रही एक जलधारा में स्नान करने के लिए कहा। वे सभी असमंजस में थे कि भीग जाने पर वे अतिरिक्त कपड़े जल्दीबाजी में नहीं लाएं है । संत को एहसास हुआ और उन्होंने उनसे कहा,

"मुझे पता है कि आप सभी चिंतित हैं, लेकिन मैं आपको बता दूं कि आपका पार्थिव शरीर भी कपड़े के समान है और एक-दूसरे के सामने शर्मिंदा होने की कोई बात नहीं है। इसलिए कृपया भूल जाएं कि आप पार्थिव शरीर में हैं, स्नान करें और जल्दी आएं।"

तीनों ने स्नान किया और फिर से संत के सामने उपस्थित हुए। फिर उन्होंने उनसे अपने सामने बैठने को कहा।

संत ने मिस्टर ऑक्स से पूछा, "आप भारत में भूवैज्ञानिक अनुसंधान के लिए आए हैं न? देखना...! भूमि की सतह के नीचे की सभी विवर्तनिक यानि टेक्टोनिक प्लेटें धीरे-धीरे खिसक रही हैं और वैश्विक वातावरण दिन-ब-दिन गर्म होता जा रहा है। रेड ज़ोन भूकंप केंद्रों का गहराई से अध्ययन करने की

आवश्यकता है। ऐसे में यह अनुमान लगाना मुश्किल है कि कौन सी प्लेट किस समय और किस स्थान पर हिल रही है। इसलिए आपकी यहां यात्रा बिल्कुल सामयिक है। यह एक अच्छा अध्ययन है।"

मिस्टर ऑक्स, "माई लॉर्ड...! पृथ्वी के नीचे की इन टेक्टोनिक प्लेटों के हिलने का मुख्य कारण क्या हो सकता है?"

संत ने उत्तर दिया, "देखो...! हम, मनुष्य ही इसका कारण हैं। पृथ्वी पर प्रारम्भ में भूमि बहुत थी और मनुष्यों की जनसंख्या सबसे कम थी। वर्तमान कल्प में युग या युगों में परिवर्तन के साथ मानव समुद्र और महासागर को भरने के साथ आगे बढ़ गया है और सभी जंगलों को काट दिया है जिसके परिणामस्वरूप उत्तरी ध्रुव से दक्षिणी ध्रुव तक चुंबकीय प्रवाह परेशान हो गया है और इसके विपरीत, ऋतुएँ भी अस्त-व्यस्त हैं। मुख्य रूप से भूमि और उसके नीचे का प्रत्येक परमाणु अपने मूल आकार में लौटने की कोशिश करता है और उसमें मूक कंपन होता है और हम सोचते हैं कि यह मृत है और जीवित नहीं है। हमने इसे बहुत लंबे समय तक नजरअंदाज किया है।"

मिस्टर ऑक्स ने टोकते हुए कहा, "आप जो कहना चाहते हैं, मैं उसे समझ रहा हूँ। यह सचमुच महत्वपूर्ण जानकारी है। आपके कहने का मतलब यह है कि बहुत समय पहले पृथ्वी के ये सभी महाद्वीप लगभग एक टुकड़े में थे और फिर धीरे-धीरे अलग हो गए और अब इसका आधार लावा या टेक्टोनिक प्लेट्स है और प्रत्येक परमाणु फिर से एकजुट होने की कोशिश कर रहा है, इसलिए ये सभी भूवैज्ञानिक परिवर्तन हुए हैं। हम सब देख रहे हैं।"

संत ने अपनी पुष्टि में कहा, "हाँ। लेकिन आने वाले वर्षों में यह पृथ्वी की भौगोलिक तस्वीर में भारी बदलाव ला सकता है। जो देश महाशक्ति हैं वे बहुत समृद्ध खनिजों वाली भूमि के मालिक होने के लिए लड़ रहे हैं लेकिन वे नहीं जानते कि भूमि के ये सभी जीते गए टुकड़े भूकंप या सुनामी के कारण कहां गायब हो जाएंगे। बेहतर होगा कि सभी देश जाति, धर्म आदि को भूलकर शांतिपूर्वक और मानवता के उद्देश्य से रहने के बारे में सोचें।"

मिस्टर ऑक्स, "आप जो कहते हैं वह सुनने में बहुत आसान लगता है लेकिन उन महाशक्ति देशों के लिए इसका आचरण करना बहुत मुश्किल

है और साथ ही यह पूरी सभ्यता के लिए खतरनाक है। आशा है कि सभी महाशक्तिशाली देश यह सोचना शुरू कर देंगे कि इन सभी भूमि का स्वामित्व केवल वर्तमान के लिए है। इसकी स्थिति अनिश्चित है और न तो किसी व्यक्ति और न ही देश ऐसी भूमि अपने साथ स्वर्ग या नर्क में ले जा सकता है। मृत्यु यहीं पृथ्वी पर है... तो महाशक्ति के रूप में देशों के अहंकार और शक्ति नियंत्रण के लिए निर्दोष मानव सभ्यता को क्यों कुचलते हैं, एक दूसरे के साथ नाहक क्यों लड़ते और मरते हैं।"

संत ने कहा, "आप मानेगे कि सकारात्मक शक्तिका उपयोग ऐसी विनाशकारी गतिविधि के बजाय सभी मनुष्यों के भले के लिए कुछ रचनात्मक गतिविधि के लिए किया जाय तो स्वर्ग यही पर मिलेगा।"

कुछ देर तक सन्नाटा छा गया। इसलिए मिस्टर डक ने पूछा,
मिस्टर डक, "माई लॉर्ड...! हालाँकि यह विषय से अलग है लेकिन यदि आप अनुमति दें तो क्या मैं अपना संदेह दूर कर सकता हूँ?"

संत ने कहा, "हाँ..ज़रूर...! मुझे पता है कि तुम्हें तीसरी दुनिया...भूतों...के बारे में जानने और उनसे संपर्क स्थापित करने में गहरी दिलचस्पी है...! है ना?"

मिस्टर डक यह सुनकर सचमुच दंग रह गए और फिर बोले, "आप बिल्कुल सही कह रहे हैं, सर। लेकिन मैं एक जासूसी सलाहकार होने के नाते एक अजीब मामले से निपट रहा हूं और मैं बेचैन हो गया हूं क्योंकि मामला वास्तव में बहुत जटिल है।"

संत ने उत्तर दिया, "मैं जानता हूं कि आपके सामने कोई ऐसा व्यक्ति नहीं आता जो आपके मामले को सुलझाने की कुंजी हो । मामला अटका हुआ और अनसुलजा हो गया है...है न? लेकिन घबराना नहीं। आप ख़ुशी-ख़ुशी इस मुद्दे को सिलहाल भूल सकते हैं। मामले को सुलझाने के लिए खुद चल कर चाबी आपके जटिल प्रश्न पर आ जाएगी और आपको अच्छी पहचान और इनाम मिलेगा।"

मिस्टर डक ने संत के पैर छुए और पूछा, "सर। पार्थिव शरीर की मृत्यु के बाद सूक्ष्म शरीर क्यों भटकते हैं?"

संत ने उत्तर दिया, "हम्म.....!यह मामला संतृप्ति बिंदु से जूडा हुआ है। हम सभी उसे पार्थिव शरीर द्वारा संतोष ही प्राप्त करते हैं। यह संतोष बार बार फिर वह इच्छा की तरफ़ ललचाता है। यदि कोई इच्छा अधूरी रह जाती है तो आत्मा सूक्ष्म शरीर के साथ विचरण करती है और तृप्ति में भटकति रहती है। हम सभी को यह पार्थिव शरीर से यह संतोष को परीतृप्ति की और लेकर जाना है ताकि वह फिर से ना उभरे और उससे ही संतुष्टि होती है। मानसिक रूप से ऐसी इच्छा से मुक्त होना है या तो ऐसी इच्छा को जला देना है जिसे संतुष्टि हो और सूक्ष्म शरीर को बाद में भटकना न पड़े। यह संतृप्ति शायद ही संभव है। हमें पृथ्वी पर वह अतृप्त इच्छाको भोगने के चक्कर के कारण बार बार पुनर्जन्म लेना पड़ता है। पृथ्वी और जल तत्व पार्थिव शरीर के साथ विलिन हो जाते हैं और बाकी तीन भूत अग्नि, वायु और आकाश के साथ सूक्ष्म शरीर भटकता है जिसे हम भूत कहते हैं।"

श्रीमान हाथी ने हस्तक्षेप किया, "महात्मा जी ...! संतृप्ति बिंदु प्राप्त करने के लिए हमें क्या चाहिए?"

संत ने उत्तर दिया, "देखो.....। हन हजारों योनियों या योनि अर्थात प्राणियों, पेड़ों, कीड़ों, पक्षियों, जानवरों से गुजरते हैं और अंत में हमें मूल्यवान इंसान का जन्म मिलता है। इन सभी समयों के दौरान भूख, वासना और अधूरी इच्छाओं के रूप में उच्च महत्वाकांक्षा नब्बे प्रतिसत् से अधिक होती है और हमारे इंसान में ऐसी रजोगुणी और तमोगुणी खाने पीने की और सेक्स की अतृप्त इच्छा, वासना जड़ की तरह संस्कार भी साथ चली आती है। यहाँ सर्वशक्तिमान ईश्वर ने हमें हृदय और अधिक मस्तिष्क और विशेष रूप से अति चेतन मस्तिष्क दिया है। भूख और वासना का कोई अंत नहीं है लेकिन अंत में हमें इसे सत गुणो में परिवर्तन करना है और नियंत्रित करने की आवश्यकता है। हम इसे संयम और नियमन कहते हैं। पहले विशेष विचार उभरते हैं और फिर शरीर में प्रवेश करते हैं जिससे हम संतोष प्राप्त करने का प्रयास करते हैं। यह नियमित हो जाता है लेकिन दुर्भाग्य से बार-बार होता है जिससे केवल अस्थायी संतुष्टि मिलती है। किसी को या तो ऐसी अधूरी इच्छाओं को जला देना है या किसी अन्य रचनात्मक कर्म और रचनात्मक उद्देश्य में ढालना है और संतृप्ति बिंदु प्राप्त करना है। इस प्रकार हमें अपने मन या मस्तिष्क से उसे ढालने की आवश्यकता है।"

मिस्टर ऑक्स ने पूछा, "यहां हिमालय और गिरनार पर्वत पर बैठे आप संतों को सर्वोच्च ज्ञान कैसे प्राप्त होता है और समाधि कैसे प्राप्त होती है?"

संत ने कहा, "देखो.....!हम आम तौर पर अतिचेतन मन पर ध्यान केंद्रित करते हैं, न कि चेतन मन पर। इस प्रकार हम परमाणुओं के निष्कर्षण और संकुचन से निपटते हैं। हम कई आयामों को सीखते और जानते हैं। प्रकाश, समय, स्थान, संलयन, कंपन, ईथर, ऊर्जा, यादृच्छिक, ध्वनि, आवृत्ति, धातु, नियंत्रण, गति आदि।"

मिस्टर डक, "माई लॉर्ड! यह बहुत दिलचस्प ज्ञान है जो आप हमारे साथ साझा करते हैं।"

संत आगे कहते हैं, "वास्तव में हम सभी पुस्तकों और साहित्य को पृष्ठ दर पृष्ठ और शब्द दर शब्द नहीं पढ़ते हैं, बल्कि इसे छूते हैं और हमारा अतिचेतन मन उसी को ताज़ा करने का संकेत देता है जो हमने पिछले या पिछले जन्म में सीखा था। इस प्रकार हम व्यावहारिक अनुभव द्वारा अभ्यास करते हैं और इन सभी मूल्यवान सांस्कृतिक साहित्य को ऐसे देखें जैसे कि यह तैयार संदर्भ हो क्योंकि हम सभी अपने पिछले जन्म में पहले ही इससे गुजर चुके हैं। अतिचेतन मन द्वारा कोई भी नेक विचार व्यर्थ नहीं जाते, उसे अगले जन्म में आगे बढ़ाया जाता है। इस अवस्था तक आने में कई जन्म लग सकते हैं। हम बस इन साहित्यों को देखते हैं और उदाहरण के लिए इसे अपने सिर के नीचे रखते हैं और यह कुछ ही समय में उसकी छाप और चित्रण ताज़ा हो जाता है। आप इसे क्वांटम स्पीड रीडिंग वर्जन कह सकते हैं। हम दशमलव सेकंड, मिली सेकंड आदि जानते हैं।"

मिस्टर डक, "योग आसन के बारे में आपका क्या कहना है? कैसे और कौन से योग आसन हमारी मदद करते हैं, सर?"

संत ने उत्तर दिया, "हाँ.......। हम अष्टांग योग करते हैं। समाधि के दौरान, एक सर्वोच्च स्तर का आत्म साक्षातकार या आत्म-साक्षात्कार, हम ब्रह्मांडीय किरणों और ध्वनि कंपन अल्फा, बीटा, डेल्टा, सिग्मा आदि को पकड़ते हैं और लंबे समय तक भोजन के बिना रहने में हमारी मदद करने के लिए उस सौर ऊर्जा को बदलना सीखते हैं। ये सारी ऊर्जा हमें सीधे सूर्य और उसकी सकारात्मक किरणों से मिलती है और हम किसी भी बीमारी को अपने भौतिक शरीर में प्रवेश नहीं करने देते हैं। ऐसा इसलिए है क्योंकि जब हम समाधि में होते हैं तो हम देखते हैं कि कोई भी बीमारी सबसे पहले हमारे प्राण शरीर में प्रवेश करती है, कुछ इसे ईथरल बॉडी कहते हैं और

लगभग छह महीने तक वहां रहती है इसलिए हम उसे वहां से बाहर निकाल देते हैं। हम अपने प्राण शरीर या ईथर शरीर से बाधा हटाने के लिए सर्जरी भी करते हैं। आप सभी पार्थिव शरीर पर ऐसा करते हैं, जिसमें बहुत देर हो चुकी होती है।"

श्रीमान हाथी ने पूछा, "महात्मा जी ...! हम सभी इस बहुमूल्य ज्ञान को साझा करने के लिए आपके दिल से आभारी हैं।"

फिर तीनों श्रीमान हाथी, श्रीमान ऑक्स और मिस्टर डक गेस्ट हाउस आवास के लिए रवाना हो गए।

मिस्टर ऑक्स भूवैज्ञानिक अध्ययन और अनुसंधान में व्यस्त हो गए और मिस्टर डक कुछ और संतों से मिले और शहर के सभी पवित्र स्थानों को देखने गए और टैक्टोनिक प्लेट के अध्ययन के लिए कच्छ चले गए जिससे अक्सर भूकंप आते है। कुछ दिनों के बाद वे रवाना हो गए।

एक पखवाड़े के बाद दोनों मिस्टर डक और मिस्टर ऑक्स ने श्रीमान हाथी को उनकी सभी सेवाओं के लिए धन्यवाद दिया और अपने मूल देश लौट आए। वहां वे फिर से अपनी दिनचर्या में व्यस्त हो गये।

अपने मूल देश पहुंचने के बाद मिस्टर डक ने केस फाइल को देखा और बहुत सोचा कि मिस्टर कॉक के लापता शव का ्ता कैसे लगाया जाए और कारण का पता लगाकर मामले को कैसे हल किया जाए क्योंकि आखिरकार आपराधिक इरादे का मतलब क्या था जो कोई मिस्टर कॉक का शव लेकर भाग गया। वह श्रीमती हेन के पास भी गए और उन्हें अपनी भारत यात्रा के बारे में भी जानकारी दी।

१२. श्रीमती हेन पर हमला

अगले दिन श्रीमती हेन 'जीवित भूत' शब्दों के अर्थ को बेहतर ढंग से समझने के बारे में गहन विचार में थीं। वह सुबह-सुबह कॉफी ले रही थी तभी दरवाजे की घंटी बजी। उसने दरवाज़ा खोला और पाया कि उसके मिस्टर हिप्पो चाचा और एक आदमी दरवाज़े में झाँक रहे थे। वे श्रीमती हेन को धक्का देकर कमरे में घुस गये और दरवाजा अंदर से बंद कर दिया।

श्रीमती हेन चिल्लाई, "ओह माई.. गोड...! मिस्टर हिप्पो अंकल...! आप यहां कैसे? और यह आदमी कौन है?"

मिस्टर हिप्पो चाचाने कहा, "हम आपके हस्ताक्षर लेने के लिए कानूनी कागजात के साथ भारत से यहां आए हैं। जैसे ही आप इन कानूनी कागजात पर हस्ताक्षर करेंगे हम भारत लौट जाएँगे।"

श्रीमती हेन ने कहा, "वैसे ये कानूनी कागजात क्या हैं? मेरे हस्ताक्षर की आवश्यकता क्यों है? मेरे माता-पिता अभी भी वहीं हैं!"

दूसरा आदमी चिल्लाया, "ऐ लड़की..!शोर मत करो। वह अब नहीं रहे क्योंकि हमने उन्हें समाप्त कर दिया हैं और अब आपकी बारी है। एक बार जब आप इन कानूनी कागजात पर हस्ताक्षर कर देंगे तो सारा धन, जमीन और संपत्ति आपके प्रिय चचेरे भाइयों के पास निहित हो जाएगी।"

श्रीमती हेन यह सुनकर रो पड़ीं कि उनके माता-पिता अब नहीं रहे। वह रोती रही और उसकी आंखें आंसुओं से भर गईं। वह अपना मोबाइल लेकर बाथरूम में भाग गई और उसे अंदर से बंद कर लिया और अपने मोबाइल की मदद से पुलिस को फोन किया।

"पुलिस ....! मैं श्रीमती हेन हूं...मेरे घर पर मुझ पर हमला हुआ है! कृपया...... मदद करे।"

उसने मौके पर उसी समय पर मिस्टर डक को भी फोन किया, "प्रिय डक...! मेरे हिप्पो चाचा एक आदमी के साथ मेरे घर आए और मुझे धक्का

देकर अंदर घुस गए और कमरा अंदर से बंद कर लिया। उन्होंने कहा कि उन्होंने मेरे माता-पिता को भारत में खत्म कर दिया है और मुझे धमकी दे रहे हैं कि या तो मैं कुछ कानूनी कागजात पर हस्ताक्षर कर दूं या वे मुझे भी गोली मार देंगे! मुझे अपने धन, दौलत, जमीन और संपत्ति के लिए लड़ने में कोई दिलचस्पी नहीं है लेकिन मैं मानसिक शांति चाहती हूं। उन्हें सारी संपत्ति का आनंद लेने दो। मैं सभी कानूनी कागजात पर हस्ताक्षर करने के लिए तैयार हूं। लेकिन कृपया आप पुलिस के साथ यहां जल्द से जल्द पहुंचें। मुझे डर लगता है।"

एक आदमी ने बाथरूम का दरवाज़ा खटखटाय और उसे संदेह हुआ कि श्रीमती हेन मदद के लिए पुलिस और किसी को भी बुला रही होंगी। उसने धक्का देकर बाथरूम का दरवाजा तोड़ दिया। श्रीमती हेन ने उस समय तक पुलिस और मिस्टर डक के साथ अपनी बात पूरी कर ली थी। दूसरे आदमीने श्रीमती हेन को बाथरूम से बाहर खींच लिया और उनका मोबाइल भी छीन लिया। उन्होंने श्रीमती हेन को इस तरह पीटना शुरू कर दिया कि वह बुरी तरह से घायल हो गई थी।

हालाँकि मोबाइल चालू था। प्राप्तकर्ता की ओर बातें सुनी जा सकती थीं। श्रीमती हेन चिल्लाई,

"ओह..!ओह...! उन्होंने बाथरूम का दरवाज़ा तोड़ दिया है और आह्ह्ह्ह....मुझे मत मारो...आह्ह्ह्ह..!"

तब उसकी आवाज सुनाई नहीं दी बल्कि फायरिंग और पिटाई की आवाजें सुनाई दीं।

मिस्टर डक तुरंत समझ गए कि श्रीमती हेन पर हमला हुआ है, वे घायल हो गई हैं और बेहोश हो गई होंगी, ऐसा प्रतीत हुआ। वह पुलिस के पास पहुँच गए और पिछवाड़े के दरवाजे से श्रीमती हेन के घर की ओर भागे। वह वैकल्पिक रास्ता जानते थे।

चूंकि श्रीमती हेन घायल हो गई थीं और बेहोश भी हो गई थीं, मिस्टर हिप्पो चाचा और अन्य लोग एक-दूसरे से बात करने लगे कि हस्ताक्षर कैसे प्राप्त किए जाएं क्योंकि श्रीमती हेन बेहोश होकर जमीन पर गिर गई थीं। उन्होंने इंतज़ार करने की सोची और इतने आश्वस्त थे कि मुख्य दरवाज़ा अंदर से

बंद होने के कारण कोई भी अंदर नहीं आ सकता। उन्होंने फ्रिज खोला और कुछ खाना और शीतल पेय आदि ले लिया।

उधर मिस्टर डक पुलिस के साथ वहां पहुंच गये । शुरुआत में पुलिस ने मुख्य दरवाजे को बाहर से धकेलने की काफी कोशिश की लेकिन सफलता नहीं मिली। मिस्टर डक ने पुलिस को सूचित किया कि पिछवाड़े से भी एक प्रवेश द्वार है और वे उसे आज़मा सकते हैं। कुछ प्रयासों के बाद सौभाग्य से वे अंदर जा सके और घर के एक कोने से नाटक देखने लगे। उन्होंने देखा कि श्रीमती हेन पर हमला किया गया था और उनके पैर घायल हो गए थे, जबकि वे दो अपराधी उस क्षण का इंतजार कर रहे थे जब श्रीमती हेन उठेंगी, वे कानूनी दस्तावेजों पर उनके हस्ताक्षर लेंगे और भाग जाएंगे।

पुलिस ने तुरंत एक योजना बनाई। उन्होंने एक पुलिस को बाहर से मुख्य दरवाजा खटखटाने के लिए भेजा ताकि अपराधी का ध्यान वहीं रहे और वे उन्हें पकड़ सकें। योजना काम कर गई और पुलिस और उस समय तक मिस्टर डक खुले पिछवाड़े के दरवाज़े से छुपते हुए पहले प्रवेश करने में सफल रहे। पुलिस और मिस्टर डक की बातचीत सुनकर श्रीमती हेन जाग गईं। फिर मिस्टर डक ने उसे उठने में मदद की और वहां उपलब्ध चिकित्सीय प्राथमिक चिकित्सा दी। उन्होंने दोनों अपराधियों को पकड़ लिया और पुलिस वैन में बैठाकर बाहर ले जाया गया। पुलिस ने श्रीमती हेन पर हमला करने के उनके इरादे के बारे में सवाल पूछे और उनके बयान दर्ज किए जाने पर दोनों को पुलिस हिरासत में ले लिया गया।

मिस्टर हिप्पो चाचा और दूसरा व्यक्ति इतने साहसी थे कि उन्होंने श्रीमती हेन पर हमला करने के उद्देश्य की पुष्टि की। उन्होंने पुष्टि की कि वे भारत में उसके बूढ़े माता-पिता को पहले ही मार चुके हैं। मिस्टर हिप्पो चाचा ने कहा कि वे सारा धन,जमीन और संपत्ति चाहते हैं और श्रीमती हेन से भी छुटकारा पाना चाहते हैं ताकि भविष्य में कोई भी उक्त अधिकारों का दावा न करे।

पुलिस ने दोनों को हिरासत में लेकर सलाखों के पीछे भेज दिया ।

अपराधी के खिलाफ आधिकारिक शिकायत दर्ज कराने के बाद मिस्टर डक पुलिस की अनुमति से श्रीमती हेन को अस्पताल ले गये। डॉक्टर ने दवा दी और श्रीमती हेन के चेहरे, हाथ और पैरों पर मलम पट्टी की गई।

वह पहले से बेहतर महसूस कर रही थी लेकिन दर्द और रक्तस्राव अभी भी हो रहा था। वह अब भी रो रही थी कि सिर्फ पैसे, दौलत, जमीन-जायदाद के लिए उसके बूढ़े माता-पिता की गोली मारकर हत्या कर दी गई। फिर मिस्टर डक उसे कुछ दिनों के लिए अपने आवास पर ले गए और उसकी उचित देखभाल की, सभी दवाएँ दीं और मलम पट्टी की।

मिस्टर हिप्पो चाचा और दूसरे आदमी इतना बदला लेने वाले और झगड़ालू स्वभाव के थे कि जेल के कमरे में भी वे दोनों तीसरे कैदी से लड़ते रहेते । मिस्टर हिप्पो चाचा को जेल के कमरे में एक धारदार हथियार मिला और उन्होंने उस कैदी पर हमला कर दिया। नतीजतन, उक्त कैदी इतना नाराज हो गया कि उसने मिस्टर हिप्पो चाचा और उनके साथ आए लोगों पर उसी हथियार से जवाबी हमला कर दिया।

मिस्टर हिप्पो चाचा और उस आदमी को उस कैदी ने घेर लिया मिस्टर हिप्पो चाचा मारे जाने के डर से चिल्लाए, "कृपया... मुझे मत मारो।" मैं उस धन, दौलत, ज़मीन और जायदाद का आनंद लेना चाहता हूँ। मुझे अभी भी जीवित रहने दो....कृपया!"

पहली बार मिस्टर हिप्पो चाचा को मौत के डर का एहसास हुआ।

कैदी ने किसी तरह उस धारदार हथियार को नियंत्रित किया और जवाब दिया,

"आप देख रहे हैं... मैं अब केवल अपने प्रतिशोधी और क्रूर स्वभाव के कारण पश्चाताप कर रहा हूं। जब मैंने अपने रिश्तेदार पर उसकी संपत्ति छीनने के लिए हमला किया और वह गंभीर रूप से घायल हो गया तो मैं एक तरह से अंधा हो गया। आपकी तरह मैं भी चाहता था कि मेरे रिश्तेदार की संपत्ति छीन कर आनंद लिया जाए। यह मेरी नहीं थी लेकिन सजा के बाद अब मेरे विचार उस पर हमले के परिणाम स्वरूप बदल गए हैं। मेरे पास आपके लिए एक संदेश है कि पृथ्वी पर शव छोड़ने के बाद हममें से कोई भी भौतिक रूप से अपने साथ कुछ भी नहीं ले जाता है। तो आखिर क्यों लड़ें! वास्तव में हम अपने नकारात्मक दृष्टिकोण से उन्हें इस जन्म या अगले जन्म में अपने कर्मों का हिसाब-किताब चुकता करने के लिए आमंत्रित करते हैं। फिर सभी भौतिक वस्तुओं के प्रति दुर्भावना और स्वामित्व की भावना क्यों?"

श्री हिप्पो चाचा ने प्रतिक्रिया व्यक्त करते हुए कहा, “लेकिन आप भी तो उसी नाव में सवार हैं, फिर अब मुझे सलाह क्यों देते हैं?”

कैदी ने उत्तर दिया, “देखो....! हमारा गुस्सा बहुत कम समय के लिए होता है और उस क्षण में हम अपना होश खो बैठते हैं, हम एक तरह से अंधे हो जाते हैं और लोगों को मार डालते हैं। लेकिन अगर हम किसी तरह उन महत्वपूर्ण क्षणों में अपने क्रोधी स्वभाव पर नियंत्रण रख लें तो हम तर्कसंगत निर्णय ले सकते हैं। लेकिन आप जानते हैं, मुझे एहसास हुआ और मुझे पछतावा हुआ, लेकिन तब बहुत देर हो चुकी थी इसलिए इस बार आखिरी समय में मैं अपने गुस्से पर काबू पा सका, नहीं तो आज मैं तुम्हें भी मार डालता। मैं पिछले दस वर्षों से यहां हूं और गलत तरीके से दूसरों का धन हड़पने के अपने लालची और क्रूर स्वभाव पर खेद महसूस करता हूं और कबूल करता हूं। तब यहां मेरे रिकॉर्ड में सुधार हुआ है। इसलिए माननीय न्यायाधीश ने मेरी अच्छी रिपोर्ट के आधार पर मेरी सज़ा भी कम कर दी है और मुझे जल्द ही राहत मिलेगी।”

उक्त स्वीकारोक्ति को सुनकर श्री हिप्पो चाचा ने उस पर बहुत गंभीरता से विचार करना शुरू कर दिया और उन्हें अनुचित और अवैध रूप से अधिकार छीनकर ऐसी संपत्ति रखने और रखने के अपने रुख और क्रूर कार्यों का एहसास हुआ। उसने नीचे देखा और पश्चाताप भी करने लगा और गिर पड़ा। उसकी आंखों में आंसू थे। सकारात्मक और पवित्र विचार वाले कैदी की आभा के पास बैठकर उसका भी रूपांतरण हो गया।

मिस्टर हिप्पो चाचा पछताते हुए बोले, “ओह...नहीं... माई.. गोड! मैं भूल गया कि मैं अपना पार्थिव शरीर छोड़ने के बाद यह धन अपने साथ नहीं ले जाऊंगा और इसी तरह कोई भी अपने साथ नहीं ले जाता। मुझे सचमुच बहुत दुःख हो रहा है.. कृपया मुझे माफ कर दो। माई.. गोड”

कुछ दिनों बाद श्रीमती हेन मिस्टर डक और पुलिस के साथ जेल के उस कमरे के बाहर दाखिल हुईं। श्रीमती हेन ने अपने मिस्टर हिप्पो चाचा को देखा और विनम्रता से कहा, “मैं उन कानूनी कागजात और दस्तावेजों पर हस्ताक्षर करने के लिए सहमत होकर हमारे सभी धन,जमीन और संपत्ति को छीनने की आपकी भूख को खत्म करने के लिए आपके पास आई हूं। कृपया इसे मेरे हस्ताक्षर के लिए दें। मैं परिवार में प्यार और शांति चाहती हूं, न कि बदला लेने वाला रवैया और व्यवहार।”

मिस्टर हिप्पो चाचा शर्मिंदा हुए और उन्होंने उत्तर दिया, “प्रिय हेन ...! इस कैदी ने मेरी आंखें खोल दी हैं। मैं धन के पीछे अंधा और लालची था। अब तक मैंने जो भी पाप किये, उसके लिये मुझे बहुत खेद है। अच्छा हुआ आपने उस दिन उन कानूनी दस्तावेज़ों पर हस्ताक्षर नहीं किये। मेरे कैदी सहकर्मी ने मुझे बेशक बहुत देर से लेकिन बहुत सच्चे संदेश का एहसास कराया है। कृपया आप अपने धन और संपत्ति का आनंद लें। मैं शर्मिंदा हूं और यदि संभव हो तो कृपया मुझे माफ कर दें। मैं राहत मिलने पर भारत लौटूंगा।”

श्रीमती हेन ने सबसे पहले सोचा कि उनके मिस्टर हिप्पो चाचा हमेशा की तरह झूठ बोल रहे थे। लेकिन जब उस कैदी ने भी पुष्टि की तो श्रीमती हेन ने अपने मिस्टर हिप्पो चाचा को गले लगाया और उत्तर दिया,

“आप मेरे पिता के स्थान पर हो, यद्यपि तुमने मेरे माता-पिता को मार डाला। तुमने केवल स्वार्थ के लिए अपने चचेरे भाई की हत्या कर दी है। लेकिन मुझे एहसास है कि यह पैसा और संपत्ति ही परिवार के भीतर इस सारी ईर्ष्या और लड़ाई का एकमात्र कारण है। अगर ऐसा नहीं होता तो हम सभी बहुत खुश होते और एक-दूसरे से प्यार करते। मैं शांति और खुशी चाहती हूं। मुझे कोई आपत्ति नहीं है कि हम सभी इस धन और संपत्ति को साझा करते हैं। यदि आप मेरे प्रस्ताव से सहमत हैं तो मैं पुलिस से आपको कार्यमुक्त करने और भारत वापस जाने का आग्रह करूंगी।”

श्री हिप्पो चाचा ने उत्तर दिया, “प्रिय बेटी हेन..! आज तुमने मुझे जीवन का पाठ पढ़ाया है और अब मुझे तुमसे कुछ नहीं चाहिए। हर कोई अपने अच्छे कर्मों के आधार पर धन का आनंद लेता है। आपके उदार प्रस्ताव के लिए बहुत धन्यवाद लेकिन अब मैं केवल अपनी वर्तमान संपत्ति, धन, भूमि और संपत्ति से ही खुश रहूँगा।” श्रीमती हेन ने मिस्टर डक के साथ पुलिस और माननीय न्यायाधीश से संपर्क किया और अपनी शिकायत वापस ले ली। मिस्टर हिप्पो चाचा और वह आदमी खुशी-खुशी भारत लौट आए। वे ज्ञान का वह खजाना लेकर वापस गये जिसने उन्हें यह सीख दी कि जीवन कैसे जीना है।

१३. डॉ. आउलकी जांच

मिस्टर डक ने वापसी पर उनकी अनुपस्थिति के दौरान हुई चीजों और घटनाओं पर श्रीमती हेन से संपर्क किया और तत्काल मामले के बहुत अध्ययन के बाद मिस्टर डक ने अपना खेद जताया।

उन्होंने बहुत सोचा और फिर अंततः एक अकेलेमें डॉ. आउल से मिलने का फैसला किया क्योंकि वह वही था जिसने अंततः मिस्टर कॉक को देखा था।

अगले दिन मिस्टर डक डॉ. आउल के क्लिनिक में गये। अस्पताल के सामान्य समय के बाद शाम हो चुकी थी। जैसे ही वह वहां गए तो उन्होंने शीशे से देखा कि डॉ. आउल के साथ मिस कैट भी वहां थी। वह शीशे के बंद केबिन में डॉ. आउल को प्यार भरी चुम्बन करती हुई नजर आई। मिस्टर डक ने खुद को वहां छिपाकर वह सब देखा। उन्होंने सोचा कि इंतजार किया जाए और मिस कैट को क्लिनिक से बाहर जाने दिया जाए ताकि वह तब खुलकर अपनी बात पर डॉ. आउल के साथ चर्चा कर सके। कुछ देर बाद उसने देखा कि मिस कैट क्लिनिक से चली गई।

मिस्टर डक ने डॉ. आउल का दरवाज़ा खटखटाया और कहा, "हैलो..! डॉ. आउल...! कृपया... मुझे भीतर आने की इजाजत है?"

डॉ. आउल आश्चर्यचकित हुए और उत्तर दिया, "हाँ...हां..जरूर।"

मिस्टर डक ने उनके केबिन में प्रवेश किया और डॉ. आउल ने कहा, "आइये....! आप आराम से तशरीफ रखिये। बताओ तुम्हारी सेहत में क्या दिक्कत है?"

मिस्टर डक ने इनकार करते हुए कहा, "नहीं...नहीं...धन्यवाद।" मैं बस यहीं से गुजर रहा था और सोचा कि आपके क्लिनिक पर जाऊं। तो मैंने बस अंदर झाँक कर देखा।"

कुछ सामान्य गपशप के बाद मिस्टर डक ने पूछा, "डॉ. आउल...! आप आखिरी व्यक्ति थे जिन्होंने मिस्टर कॉक को मरने से पहले देखा था। इसलिए मैंने सोचा कि आपसे कुछ मुद्दे पर चर्चा की जाए।"

डॉ. आउल ने कहा, “आप मुझसे पूछने वाले कौन होते हैं?”

मिस्टर डक ने धीरे से उत्तर दिया, “मैं श्रीमती कैट का मित्र हूँ। क्या आपको कोई एतराज है?”

डॉ. आउल ने कहा, “वैसे तो आपको श्रीमती हेन से ही पूछना चाहिए, लेकिन बात क्या है?”

मिस्टर डक ने कहा, “जब आपने मिस्टर कॉक का निदान और परीक्षण किया था तब आपने कौन सा शारीरिक और मानसिक परिवर्तन देखा था?”

डॉ. आउल ने उत्तर दिया, “हाँ...! वास्तव में तो जब श्रीमती हेन ने उस दिन मुझे फोन किया और बताया कि मिस्टर कॉक जवाब नहीं दे रहे हैं और जाग नहीं रहे हैं तब मैं उनके घर गया और जब मैंने देखा तो वह पीले लग रहे थे और कुछ कमज़ोरी महसूस कर रहे थे।”

मिस्टर डक, “मिस्टर कॉक को आपने कौन सी दवा दी थी क्योंकि वह आपके इलाज के तहत थे और नियमित जांच के लिए आ रहे थे। क्या आपने कोई हृदय संबंधी लक्षण, उसके ईसीजी, ईसीओ, रक्तचाप और अन्य सभी में भिन्नता देखी थी?

डॉ. आउल सतर्क हो गये और समय लेने के बाद उत्तर दिया, “देखिए... उनका रक्तचाप, सोडियम और शुगर कभी-कभार कम बताया जाता था और हो सकता है कि उनके हृदय को आवश्यक रक्त आपूर्ति नहीं हो रही हो, जो इसका प्रमुख कारण हो सकता है।”

मिस्टर डक ने तर्क दिया, “मैंने उनकी मेडिकल फ़ाइल देखी है और अध्ययन भी किया है। मैंने देखा कि पिछले चार से छह महीनों में ही, यानी उनकी शादी के बाद उनकी मेडिकल हिस्ट्री में अचानक उनके स्वास्थ्य में कुछ अजीब बदलाव दिख रहे थे।”

मिस्टर डक तब जाकर उठे और अल्मारीमे छुपाकर रखी एक दवा की बोतल को पढ़ने की कोशिश की। उसने वह बोतल ली और नाम और सामग्री पढ़ते हुए कहा,

“डॉक्टर आउल..! इस दवा में कुछ गंभीर खतरनाक तत्व हैं जिन्हें सरकार ने रोगी को लिखने और देने पर प्रतिबंध लगा दिया है। मुझे याद है कि मैंने मिस्टर कॉक और मिसेज हेन की रसोई में वही बोतल देखी थी। तो यह दवा आपके द्वारा उन्हें किसी भी समय क्यों दी जाती थी ?”

अब डॉ.आउल चिंतित दिखे और बोले, “देखिए... मिस्टर डक। मेरे चिकित्सा क्षेत्र में हस्तक्षेप करना न तो आपका क्षेत्र है और न ही आपका व्यवसाय। मैं अपने पेशे का स्वामी हूं और मरीज मुझ पर भरोसा करते हैं। इसलिए बेहतर होगा कि किसी अन्य विषय पर चर्चा की जाए। यदि मिस्टर कॉक को उस दवा की आवश्यकता थी तो उसे निर्धारित किया जा सकता था और वह दवाई मैंने दी थी। मैं मानता हूँ सरकार ने पहले इस दवा पर प्रतिबंध लगा दिया था।”

मिस्टर डक ने प्रतिक्रिया व्यक्त की, “ओह...! क्षमा करें, मैं खामखां आपके क्षेत्र में घुस गया। जब मैंने श्रीमती हेन और मिस्टर कॉक की रसोई में इस बोतल की जाँच की, तो मैंने श्रीमती हेन से इसकी सामग्री पढ़ने के लिए कहा था। उसने कहा कि मिस्टर कॉक शादी से पहले भी आपकी चिकित्सा के अधीन थे। लेकिन यह विशेष दवा उन्हें उनकी शादी के बाद दी गई थी। आपको मिस्टर कॉक को वह दवा लिखने के लिए क्यूं मजबूर होना पड़ा क्योंकि आम आदमी भी जानता है कि यह धीमा जहर के अलावा कुछ नहीं है।”

डॉ. आउल चिढ़ गये और झुँझलाये फिर बोले, “मिस्टर डक...! यहां तक कि पुलिस भी चिकित्सा पेशे में कभी हस्तक्षेप नहीं करती है और आप इस दवा के प्रभावों पर चर्चा करने वाले कोई विशेषज्ञ नहीं हैं। हर दवा के अपने सकारात्मक और नकारात्मक दुष्प्रभाव होते हैं। इसलिए अब समय आ गया है कि कृपया... मेरे कहने से पहले कि आप यहां से निकल जाएं। आप मेरी केबिन छोड़ दें। आपको मेरे साथ इन सभी मामलों पर चर्चा करने का कोई अधिकार नहीं है।”

मिस्टर डक ने वह बोतल ले ली और अपमानित महसूस करते हुए बाहर चले गए। डॉ. आउल स्तब्ध रह गए और तनाव में दिखे।

१४. "एक हैरत-अंगेज़ फैसला"

श्रीमती हेन, मिस्टर फॉक्स, मिस कैट, मिस्टर क्रोकोडाइल और डॉ. आउल से मिलने के बाद मिस्टर डक इस मामले में और अधिक उलझ गए।

फिर गर्मियाँ शुरू हो गईं और मिस्टर डक ने सुबह की सैर पर जाने का फैसला किया। फिर तो यह उनकी दिनचर्या बन गई। एक दिन उन्होंने किसी को अपने ठीक सामने से आते हुए देखा और उसे एक प्रसन्न मुस्कान दी। मिस्टर डक ने उस चेहरे को ऐसे याद करने की कोशिश की जैसे पहले कभी देखा हो। लेकिन उसे याद करने में थोड़ा वक्त लग गया। घर लौटकर उन्होंने सोचा कि केस की फाइल देख लेना ही बेहतर होगा। उस फ़ाइल को पढ़ने के बाद और उसमे कुछ तस्वीरें देखने के बाद उन्हें यह एहसास हुआ कि सुबह-सुबह सैर के दौरान उनके सामने मुस्कुराने वाले उस व्यक्ति का चेहरा लगभग मृतक मिस्टर कॉक जैसा ही था। एक मिनट के लिए मिस्टर डक जैसे भौंचक्के रह गये।

अगले दिन सुबह जब मिस्टर डक सुबह की सैर पर निकले तो उन्हें वह सज्जन नहीं दिखे। मिस्टर डक परेशान हो गये। अचानक उसके मोबाइल की घंटी बजी और उस मोबाइल को जेब से उठाते समय उसका बैंक कार्ड का डिब्बा जमीन पर गिर गया। तब किसी ने पीछे से उनकी पीठ पर हाथ लगाया। मिस्टर डक ने अपनी पीठ घुमाई और वह यह देखकर दंग रह गए कि वही सज्जन उस बैंक कार्ड बॉक्स को उठा रहे थे और उनके पास लौटा रहे थे। यह बिल्कुल सही समय था। मिस्टर डक ने इनकमिंग कॉल काट दी।

मिस्टर डक ने वह सज्जन से पूछा, "सर....! बहुत धन्यवाद। आज आप मेरे पीछे हैं? मैंने सोचा था कि हर दिन की तरह सुबह आप सामने की दिशा से मिलेंगे। महोदय....! क्या मैं आप का शुभ नाम जान शकता हूँ सर...? और मैं आपका शुभ नाम क्यों जानना चाहता हूँ? आपको पता है? मैं आपको मुख्य रूप से यह बताना भूल गया कि आपका चेहरा लगभग किसी ऐसे व्यक्ति जैसा दिखता है जिसे मैंने पहले ही कहीं देखा है!

वह सज्जनने (हँसते हुए) बताया, “मेरा नाम...?” ओह.... ! नाम में क्या रखा है? देखो नाम तो सिर्फ पार्थिव शरीर के होते है। जीवात्मा का कोई नाम नहीं होता है। जब भी मैं इस सड़क से गुजरता हूं तो तुम्हारे पास से गुजरता हूं। लेकिन आज मैंने देखा कि आपका बैंक कार्ड बॉक्स नीचे गिर गया है, इसलिए मैंने आपको सूचित करना चाहा और उसी स्थान पर आपके पास लौटाना उचित समझा।”

मिस्टर डक, “सर... ! मैं हृदय से आपका आभारी हूं। क्या मैं आपको एक बात बता सकता हूँ? संयोगवश सर...! आपका चेहरा लगभग एक मृत मिस्टर कॉक जैसा ही दिखता है। वैसे तो मुझे उनको पहले व्यक्तिगत रूप से मिलने का कोई अवसर नहीं मिला था। लेकिन मुझे याद है कि मैंने आप जैसा चेहरा एक फाइल में देखा था जिस मामले को मैं संभाल रहा हूँ। वह फाइल मेरी ख़ास महिला मित्र श्रीमती हेन के पति..... मृत मिस्टर कॉक...! मैं उनकी बात कर रहा हूँ !”

वह सज्जन काफी देर तक चुप रहे। मिस्टर डक के साथ चलते हुए एक मिनट बाद उसने चुप्पी तोड़ी, “ठीक है...! आपका मतलब श्रीमती हेन...! हम्म....! तो क्या आपको लगता है कि मैं उसके पति जैसा ही दिखता हूं? ठीक है। अगर आप मुझे मिस्टर कॉक नाम से भी बुला सकते हैं तो मुझे कोई दिक्कत नहीं है।”

मिस्टर डक ने तुरंत कहा, “तो क्या मैं आपको मिस्टर कॉक कह सकता हूँ...? तो फिर! क्या मैं समझ सकता हूं कि आप मिस्टर कॉक की ही जीवात्मा हैं?”

वह सज्जन हँसे और मुस्कुराते हुए उत्तर दिया, “यह आपकी पसंद है। दुनिया में एक जैसे हजारो चेहरे हैं इसलिए एक इंसान के रूप में किसी को भी ऐसा आभास हो सकता है। लेकिन वैसे, अगर मैं गलत नहीं हूं तो आप भूतों के साथ संपर्क स्थापित करते रहेते हैं और आप उनके बहुत अच्छे दोस्त भी हैं?”

मिस्टर डक यह सुनकर चौंक गये और बोले, “हाँ ...! हम्म...! करते हैं...आप ये सब कैसे जानते हैं....? सर...! मेरे जटिल मामले को निपटाने में आप मेरी बहुत मदद कर सकते हैं। क्या आप कृपया मेरी मदद करेंगे... सर..?”

सज्जन ने मुस्कुराते हुए उत्तर दिया, "बेशक...!"

मिस्टर डक ने आगे कहा, "मेरे कुछ प्रश्न हैं....सर...! यदि आप कृपया मेरी मदद कर सकते हैं? लेकिन चलते समय नहीं। मैं आपको अपने घर पर आमंत्रित करना चाहूंगा और ये प्रश्न मेरे एक मामले को सुलझाने के लिए बहुत महत्वपूर्ण हैं।"

मिस्टर डक ने तुरंत उन्हें अपना पता बताया।

उस सज्जन ने यह बात ध्यान में रखते हुए कहा, "ठीक है। मिस्टर डक...! अच्छा। जब भी तुम मुझे बुलाओगे मैं तुम्हारे घर आ जाउंगा।"

मिस्टर डक यह सुनकर आश्चर्यचकित रह गये, "क्या ऐसा है?" मुझे आशा है कि आपको मेरा घर ढूंढने में कठिनाई नहीं होगी। ठीक है.... तो आपका स्वागत है सर..!"

फिर वो सज्जन आगे बढ़ गये। मिस्टर डक अपने नियमित पथ पर चल पड़े।

मिस्टर डक ने गहराई से सोचा और निर्णय लिया कि पुलिस, मिस्टर लायन, सरकार का प्रतिनिधित्व करने वाले माननीय न्यायाधीश सहित सभी संबंधित लोगों को अपने घर पर आमंत्रित करने का यह सही अच्छा समय है। तथाकथित जेंटलमैन यानी अगर वह सज्जन मिस्टर कॉक शायद उनके भूत है तो तब यह संभव है की वह गायब पार्थिव शरीर के बारे में कोई सुराग दे भी सकते है। तदनुसार, वह पहले पुलिस स्टेशन, फिर माननीय न्यायालय, सरकार के पास गये और वहाँ उन्होंने श्रीमान लायन से भी मुलाकात की। उसने सबको मिस्टर कॉक के भूत के बारे में बताया।

उनकी बात सुनकर श्रीमान लायन शुरू में जरा क्रोधित होकर बोले,

"मिस्टर डक ...! मैं सोच रहा था कि आपराधिक जासूस के पेशे में माहिर होने के नाते आप जानते होंगे कि किसी भूत द्वारा दिए गए बयान किसी काम के नहीं होते। वे जो साक्ष्य संयोगवश देते हैं, उनकी कानून की दृष्टि में कोई वैधता नहीं होती। ऐसा प्रतीत होता है कि आप भूतों के चक्कर में बिल्कुल पागल हो गए हैं।"
ऐसा कहते हुए मिस्टर लायन खूब हँसे।

फिर भी मिस्टर डक मिस्टर लायन को समझाते रहे, "माई लार्ड..! मैं बस उस सज्जन यानी मिस्टर कॉक के भूत से यह सुराग पाने की कोशिश कर रहा हूं कि उसका पार्थिव शरीर कैसे, क्यों और कौन लेकर भाग गया? अगर वह बता दे तो मामले में नया मोड़ आ जायेगा और हम अपराधी को पकड़ने की स्थिति में आ जायेंगे। हमें अंततः मिस्टर कॉक का पार्थिव शरीर मिल जाएगा और इससे मिस्टर कॉक का मृत्यु प्रमाणपत्र और मृत्यु के बाद की अन्य सभी औपचारिकताएं पूरी करना आसान हो जाएगा, जिन्हें आसानी से पूरा किया जा सकता है।"

मिस्टर डक के बार-बार अभ्यावेदन के बाद मिस्टर लायन किसी तरह आश्वस्त हो गए। हालांकि प्राधिकरण की सहमति के अधीन। वे दोनों उक्त मामले को संभालने वाले उच्च प्राधिकारी मुख्य न्यायाधीश से जाकर मिले।

कुछ देर बाद मिस्टर डक ने उन्हें बताना शुरू किया,

"आदरणीय महोदय...! अब तक न तो पुलिस और न ही मैं ही सुराग पाने और यह पता लगाने की स्थिति में हूं कि आखिरकार मिस्टर कॉक का पार्थिव शरीर कहां है? इसे कौन और किस उद्देश्य से ले गया? इसके लंबित रहने तक प्राधिकरण उसका मृत्यु प्रमाणपत्र जारी करने और मृत्यु के बाद की सभी औपचारिकताओं को पूरा करने में भी असहाय है और बीमा कंपनी भी दावे की स्थिति के बारे में निर्णय नहीं ले सकती है।"

मुख्य न्यायाधीशने कहा, "आपका कई भूतों से संपर्क हो सकता है लेकिन कानून ने भूतों के बयान को किसी भी तरह की मान्यता और स्वीकृति नहीं दी है। तो फिर ऐसी भूत वाली बैठक बुलाने का क्या मतलब है?"

मिस्टर डक आगे बढ़ते रहे, "आदरणीय महोदय..! कम से कम हमें वह दिशा मिलने की उम्मीद है जहां खोज पर जोर दिया जाएगा!"

मुख्य न्यायाधीश ने एक महत्वपूर्ण प्रश्न पूछा, "इस बात की क्या गारंटी है कि भूत वास्तव में मिस्टर कॉक का है और वह झूठ नहीं बोलता है?"
मिस्टर डक ने विनम्रतापूर्वक उत्तर दिया, "आदरणीय महोदय! मेरा अब तक का अनुभव अच्छा है और इस नाटक को आज़माने से हम सभी को एक नया अनुभव मिल सकता है।"

आदरणीय मुख्य न्यायाधीश और माननीय मुख्य न्यायाधीश दोनों खूब हँसे और फिर अंततः आश्वस्त होकर बोले, "ठीक है। मिस्टर डक....! यदि उस नाटक का परिणाम मनोरंजन या ऐसी कोई दिशा की ओर ले जाता है तो हम देखेंगे। यह एक नया आयाम है, शायद कानून आगे बढ़ेगा...बस तारीख, समय और स्थान तय करें और कृपया सभी संबंधित लोगों को आमंत्रित करें।"

मिस्टर डक ने उत्तर दिया, "आदरणीय महोदय...! मैं सभी संबंधित लोगों को यह कहते हुए आमंत्रित करूंगा कि हम अच्छे रात्रिभोज का आनंद लेंगे और फिर अचानक एक प्लेनचांट शो देखेंगे और मिस्टर कॉक के भूत की बात गोपनीय रखेंगे।"

मिस्टर लायन, आदरणीय मुख्य न्यायाधीश, माननीय न्यायाधीश और सरकारी अधिकारी भी सहमत हुए।

अगले दिन मिस्टर डक नियमित सुबह की सैर पर निकले और सौभाग्य से उन्होंने देखा कि वह सज्जन उनकी ओर आ रहे धे। उसने बस सूचित किया और उनसे अनुरोध किया,

"सर... ! क्या आपने मुझे पहचाना? मैं मिस्टर डक हूँ....क्या मैं आपको मिस्टर कॉक के सम्बोधन से बुला सकता हूँ? क्योंकि मेरा मानना है कि आप वास्तव में मिस्टर कॉक का सूक्ष्म शरीर है, क्या आप ऐसा हीं करेंगे जैसा कि मैं समझता हूं कि आप मामले और हमारी मुलाकात के उद्देश्य को अच्छी तरह से जानते हैं इसलिए मैं आपको इस रविवार देर शाम को अपने घर पर आने के लिए आमंत्रित करूंगा, इसके लिए मैं वास्तव में आपका आभारी रहूंगा।"

सज्जन ने पूछा, "ठीक है.....! लेकिन आप मुझसे सबके सामने उपस्थित होने के बाद क्या करने की उम्मीद करते हैं? मुझे ठीक से पता नहीं है कि आपके दिमाग में क्या चल रहा है!"
मिस्टर डक, "मुझे यह गहन प्रश्न अभी पूछने दीजिए कि मिस्टर कॉक का पार्थिव शरीर कहाँ है? क्योंकि आपके अलावा शायद ही कोई सच बता सकता है। मैं दृढ़ता से विश्वास करता हूँ कि आप मिस्टर कॉक का सूक्ष्म शरीर हैं? इससे सभी अधिकारियों को उस व्यक्ति को पकड़ने में मदद

मिल सकती है जो मिस्टर कॉक के पार्थिव शरीर के साथ भाग गया था और उसकी आपराधिक दुर्भावना क्या थी?"

सज्जन ने एक मासूम सी मुस्कान दी और कहा, "ठीक है। मैं उस दिन उपस्थित हो जाऊँगा, बशर्ते आप मुझे अपनी विधि से शनिवार आधी रात को ही आमंत्रित करें...! एक दिन पहले... ! कारण मैं अभी नहीं बता सकता...! केवल यह देखने के लिए कि मैं वास्तव में उपस्थित होता हूँ। मैं तब तक आपके घर पर रहूँगा जब तक मैं ठीक महसूस नहीं कर लेता। लेकिन रविवार की शाम को सभी के वहां उपस्थित होने से पहले आपको फिर शनिवार की आधी रात को मुझे आमंत्रित करना होगा।"

मिस्टर डक सहमत हुए और कहा, "ठीक है। मैं सहमत हूं और इसका पालन करुंगा।"

दोनों अलग हो गए और अपने-अपने रास्ते चल दिये। मिस्टर डक ने सभी संबंधित मिस्टर फॉक्स, मिस कैट, डॉ.आउल, मिस्टर क्रोकोडाइल, मिस्टर लायन, आदरणीय मुख्य न्यायाधीश, माननीय न्यायाधीश, सरकारी अधिकारी और हेड पुलिस को अपने मोबाइल पर सूचित किया और आमंत्रित किया कि उन्होंने वहां रात्रिभोज की व्यवस्था की है। हो सकता है रविवार की शाम को आश्चर्य हो !

उन्होंने सबसे पहले शनिवार को मिस्टर कॉक के उस जेंटलमैन भूत को आमंत्रित किया, जैसा कि प्लेनचैंट ने चर्चा की थी। वह सज्जन भी प्रकट हुए और यह कहकर गायब हो गए कि वह योजना के अनुसार रविवार शाम को उपलब्ध होंगे। इससे यह तय हो गया की मिस्टर कोक का सुक्ष्म शरीर यानि जीवात्मा वहां आ चुका है।

तदनुसार, उन्होंने सभी संबंधित पक्षों को भी आमंत्रित किया। नतीजतन, श्रीमती हेन, मिस्टर फॉक्स, मिस कैट, डॉ. आउल, मिस्टर क्रोकोडाइल, आदरणीय मुख्य न्यायाधीश,माननीय न्यायाधीश, सरकारी अधिकारी और मिस्टर लायन रविवार शाम को समय पर आ गए। मिस्टर डक ने सभी के लिए रात्रि भोज की व्यवस्था भी की थी। सबसे अच्छी बात यह थी कि मिस्टर डक ने मिस्टर फॉक्स, मिस कैट, डॉ. आउल और मिस्टर क्रोकोडाइल को सूचित नहीं किया कि वह मिस्टर कॉक के भूत को आमंत्रित करेंगे। केवल आदरणीय मुख्य न्यायाधीश, माननीय न्यायाधीश

और प्रमुख पुलिस मिस्टर लायन और सरकारी अधिकारी को ही पता था कि मिस्टर कॉक्स मिस्टर कॉक के मृत शरीर के भूत को आमंत्रित किया जाएगा।

तदनुसार, उस रविवार की शाम के मिलन समारोह में सभी लोग आए और अच्छी बातचीत और रात्रिभोज किया। उस रात्रि भोज में मिस्टर डक ने अच्छे खासे व्यंजन परोसे थे और सब के दिल जैसे जीत लिए थे। इसके बाद मिस्टर डक ने सभी को सूचित करते हुए कहा,

"मुझे उम्मीद है कि सभी ने आनंदमय समय और रात्रिभोज का आनंद लिया होगा। इस रात मेरे पास आप सभी के लिए एक आश्चर्य है। मैं प्लेंचेंट द्वारा एक सूक्ष्म शरीर में भूत को आमंत्रित करने का जादू जानता हूं और यह अभी होगा। मैं यहां एक भूत को आमंत्रित करने जा रहा हूं और उससे बातचीत करूंगा।"

सब लोग बैठ कर बातें कर रहे थे और यह सुनते ही स्तब्ध रह गए। श्रीमती हेन भी चौंक गई। यह सुनकर एक मिनट के लिए सन्नाटा छा गया। रात के ग्यारह बजे थे। वह अमावस्या की रात थी। अंततः मिस्टर डक ने अंधेरे में मिस्टर कॉक के भूत, सुक्ष्म शरीर को आमंत्रित करते हुए जप और प्रार्थना करना शुरू कर दिया।

सभी लाइटें बंद कर दी गईं। अचानक ऐसा लगा जैसे एस्ट्रल बॉडी यानी मिस्टर कॉक का भूत यानि जीवात्मा प्रकट हो गया हो।

श्रीमती हेन, मिस्टर फॉक्स, मिस कैट, डॉ. आउल और मिस्टर क्रोकोडाइल सभी आश्चर्यचकित थे।

मिस्टर डक ने पूछा, "आपका स्वागत है और बहुत-बहुत धन्यवाद सज्जन। अगर मैं गलत नहीं हूँ तो आपका चेहरा लगभग एक मृत मिस्टर कॉक जैसा दिखता है। मेरा निमंत्रण स्वीकार करने और हम सबके सामने आने के लिए मैं हृदय से मैं आपका धन्यवाद करता हूँ। हम जानते हैं कि आपके लिए यात्रा करना और कक्षा से पृथ्वी तक फिर से आना एक बहुत ही दर्दनाक प्रक्रिया है। मैं ईमानदारी से आप की माफी भी मांगता हूं।"

दो मिनट के लिए फिर से सन्नाटा छा गया। मिस्टर फॉक्स, मिस कैट, डॉ. आउल और मिस्टर क्रोकोडाइल सभी की सांसे जैसे रुक गई। बाद में मिस्टर डक ने उनसे आगे कहा,

"मिस्टर कॉक के समान चेहरे वाले व्यक्ति!....... समय बर्बाद किए बिना और अन्य सभी औपचारिकताओं को निभाए बिना, क्या मैं आपसे अनुरोध कर सकता हूं कि कृपया पुष्टि करें कि आप मृतक मिस्टर कॉक का एकमात्र सूक्ष्म शरीर हैं और कृपया हमें बताएं कि आपका पार्थिव शरीर अब इस वक़्त कहां है? क्योंकि हमारी सर्वोत्तम जानकारी के अनुसार आपका पार्थिव शरीर आखिरी तक अधिकारियों द्वारा डेड बॉडी कोल्ड स्टोरेज में देखा गया था। हम सबने कोशिश की लेकिन पता नहीं चल सका। हमें डर है कि किसी के पास कोई विशेष आपराधिक इरादा था? क्या आप इस गूढ़ रहस्यका पर्दा उठा सकते है?"
तथाकथित सूक्ष्म शरीर यानि जीवात्मा मिस्टर कॉक ने कुछ देर बाद चुप्पी तोड़ी और बोले,

"मिस्टर डक..! मेरे सभी दोस्त और कानून विशेज्ञ यहाँ बैठे हैं! यदि मेरा उत्तर लंबा है तो कृपया मुझे क्षमा करें। मुझे शून्य से शुरू करने दीजिए। मेरी मां की गर्भावस्था के दौरान ही, जब मैं उनके गर्भ में था, मेरे पिता ने एक बड़ा आर्थिक जैकपॉट जीता था। उनका मानना था कि यह सब मेरे भाग्य के कारण था। इसलिए उस धन से उसने सारी मौजूदा संपत्ति और संपत्ति खरीद ली। मेरे माता-पिता की इकलौती संतान होने के कारण मृत्यु के बाद और विरासत के रूप में भी ये सभी धन, जमीन, और संपत्ति स्पष्ट रूप से मेरे नाम पर स्थानांतरित कर दी गई क्योंकि कुछ वर्षों के बाद जब मैं नौ वर्ष का था मेरे माता-पिता एक सड़क कार दुर्घटना में चल बसे थे। मैं धन, दौलत, जमीन-जायदाद के लिए बिल्कुल भी पागल नहीं था लेकिन मैं उस शुद्ध, मासूम प्यार की तलाश कर रहा था जो मैंने अपने माता-पिता के जाने के बाद खो दिया था। मैं अचानक बिल्कुल अकेला सा हो गया। मैंने आज तक ये सारी बातें पूरी तरह से प्रिय हेन के साथ भी साझा नहीं की थीं। मेरे चचेरे भाई मिस्टर फॉक्स और चचेरी बहन मिस कैट और उसका प्रेमी डॉ. आउल मेडिकल डॉक्टर होने के नाते मुझे ढेर सारा प्यार देने के बजाय मेरे धन, जमीन और संपत्ति के पीछे थे। यह स्पष्ट था क्योंकि वे मध्यम वर्गीय परिवार हैं। मेरी कम उम्र में ही मुझे मारने की कई कोशिशें की गईं। उन्होंने मेरे सारे धन, संपत्ति और जमीन में उन्हें बराबर हिस्सा देने पर दबाव डाला था। उन्होंने मेरी जिंदगी खत्म करने की पूरी कोशिश की और

इससे पहले उन्होंने मुझ पर वसीयत में अपना हिस्सा बताने के लिए कई तरकीबे रची। मुझे कई बार धमकी दी गई। मेरे जीवन का जानबूझकर बहुत अधिक बीमा राशि और बहुत अधिक प्रीमियम के साथ बीमा जबरजस्ती कराया गया था ताकि मेरी मृत्यु के बाद दो नामांकित व्यक्ति मिस्टर फॉक्स और मिस कैट उसमें से मलाई दार हिस्सा ले सकें। उस समय केवल मैंने सोचा था कि मैं जल्द ही उनका शिकार बन जाऊंगा। मुझे संदेह था और बाद में मेरी शादी के बाद मैंने इसे बदलकर अपनी पत्नी श्रीमती हेन के नाम पर कर दिया था। मुझे उनकी धमकी से डर नहीं लग रहा था बल्कि इस बात का अफसोस हो रहा था कि मेरा प्यार भरा हृदय उनसे ढेर सारे प्यार की उम्मीद कर रहा था और कुदरत ने न जाने क्यों उन सबको मेरे धन के पीछे भागने पर मजबूर कर दिया। तो इस दुनिया में धन और संपत्ति ने मेरा शुद्ध और मासूम प्यार छीन लिया। मेरा दिल और आंखें हर समय आंसुओं से भरी और भारी रहती थीं।"

उस वक़्त मिस्टर फॉक्स, मिस कैट, मिस्टर क्रोकोडाइल और डॉ. आउल के चेहरे कभी क्रोधित तो कभी शर्मीले दिख रहे थे। श्रीमती हेन मिस्टर कॉक के भूत को गले लगाने के लिए दौड़ने की कोशिश कर रही थीं लेकिन उन्हें वहीँ पर रोक दिया गया। इसके बाद मिस्टर कॉक संवेदनशील हो गए और उनकी आँखों में आँसू आ गए। कुछ देर बाद उन्होंने आगे कहा,

"फिर एक खूबसूरत महिला डियर हेन मेरी जिंदगी में आईं। मैं उसे बहुत पसंद करता था और उससे बहुत प्यार भी करता था। उसने मुझे वह सारा प्यार दिया। वह बहुत स्पष्टवादी, पारदर्शी है और फिर मिस्टर डक की और प्यारे से देखते हुए उन्होंने आगे कहा...

"आप...! मिस्टर डक....! उसके सबसे अच्छे दोस्त हैं... ऐसा है...! और अगर मैं डियर हेन से शादी करूंगा तो वह कभी भी अपनी सीमा नहीं पार करेगी। मिस्टर डक...!आप वास्तव में उसके बहुत मददगार, होनहार दोस्त साबित हुए है । निःसंदेह, आप दोनों मैत्रीपूर्ण आनंद ले रहे हैं, जिसके बारे में मैं जानता हूं और इससे भी अधिक कि आप में से कोई भी मेरी संपत्ति के पीछे पागल और लालची नहीं है वह भी खूब अच्छी तरह से जानता हूँ। तुम सच में डियर हेन के बहुत सच्चे और सबसे अच्छे दोस्त हो।"

"मैं प्रिय हेन का प्रेमपूर्ण हृदय जीतने के पीछे था। मैं मान गया और शादी कर ली। यह हमारा सर्वसम्मत निर्णय था। प्रिय हेन के पास भी अकूत

संपत्ति है लेकिन वह भी मेरी तरह उनके चचेरे परिवार मिस्टर हिप्पो के रडार पर थी। मैं सर्वशक्तिमान ईश्वर का धन्यवाद करता हूँ कि वह आज यहां जीवित हैं। चूंकि हम दोनों ने एक-दूसरे को बिना किसी प्रतिबद्धता के स्वीकार कर लिया और पारदर्शी रहे, इससे हमारा वैवाहिक जीवन इतना मधुर हो गया। मुझे प्रिय हेन को अपनी विशाल संपत्ति के बारे में सूचित करने का शायद ही कोई अवसर मिला होगा। उसने भी कभी नहीं पूछा क्योंकि उसने मुझे उस शुद्ध और मासूम प्यार के साथ पूरी तरह से समर्पित कर दिया था जो मैं हर वक़्त चाहता था।"

मिस्टर कॉक रुक गए और उन्हें कहते हुए जैसे पीडा हो रही थी। कुछ मिनटों के बाद होश में आते हुए उन्होंने आगे कहा,

"मैं यह जानकर और भी परेशान हो गया कि उस साजिश में प्रिय हेन के चाचा हिप्पो के साथ मिस्टर क्रोकोडाइल भी सामिल थे। मुझे नहीं पता कि वे कैसे मिल सकते हैं और इस तरह की साजिश की योजना बना सकते हैं। एक दिन मैंने मिस्टर फॉक्स, मिस कैट, मिस्टर क्रोकोडाइल और डॉ. आउल को डियर हेन को धीमी जहर की एक बोतल देते हुए और धमकी देते हुए सुना कि प्रिय हेन रोजाना मेरे भोजन में मिला दे ताकि तीन महीने के भीतर मेरे दिल की पंपिंग प्रक्रिया धीमी हो जाए और मैं मर जाऊं। प्रिय हेन ने स्पष्ट रूप से इनकार कर दिया और मना कर दिया लेकिन वह भी मजबूर थी। यदि वह ऐसी दुष्टता और धूर्तता का पालन न करती तो उसकी जान लेने की भी कोशिश की जाती।"

मिस्टर डक ने हस्तक्षेप किया और तथाकथित मिस्टर कॉक के सुक्ष्म शरीर, जीवात्मा, भूत से कहा,

"ठीक है। तो यह आप दोनों पर एक तरह से दोहरा हमला था। मिस्टर कॉक ...! फिर उस घातक दिन पर क्या हुआ?"

मिस्टर कॉक के तथाकथित सुक्ष्म शरीर, जीवात्मा, भूत ने कहा, "उस घातक दिन से ठीक पहले, मैंने मिस्टर फॉक्स, मिस कैट, मिस्टर क्रोकोडाइल और डॉ.आउल को देखा था। मुझे पता चला कि बोतल में सामग्री प्रिय हेन द्वारा बदल दी गई थी। प्रिय हेन ने उस बोतल से वह धीमा जहर बदल कर सफ़ेद नमक दाल दिया था। उन्होंने आरोप लगाया और डियर हेन को भी परेशान किया। प्रिय हेन को बताए बिना उन तीनों ने फिर

से मेरी जहर की बोतल को शीघ्र विष में बदल दिया और इसे मेरे नियमित कच्चे खाद्य पदार्थों में मिला दिया ताकि मेरी हत्या का दोष डियर हेन पर आ जाए। मैं दरवाजे के ठीक पीछे था और सभी को लगा कि मैं क्लॉक रूम में गया हूं। श्रीमती हेन को पता भी नहीं चला कि इतनी तेजी से उस बोतल में शीघ्र विष बदला गया। मैं दोपहर को अपने कार्यालय से आया और प्रिय हेन ने मुझे दोपहर के भोजन की पेशकश की। वह पौधों में पानी डालने के लिए पिछवाड़े में चली गई। मैंने ऐसा दिखावा किया कि मैंने उक्त व्यंजन में से शीघ्र विष मिला हुआ पदार्थ खा लिया है। दरअसल मैंने अपनी चाल से वह शीघ्र विष युक्त खाना पिछवाड़े के कूड़ेदान में फेंक दिया था । मैं कुछ देर सोया । चूँकि मैं नहीं उठा, प्रिय हेन परेशान हो गई और उसने मुझे जगाने के लिए मुझ पर चिल्लाई। वह अलग-अलग डॉक्टर को कॉल करने वाली थी, लेकिन उसका फोन टैप किया जा रहा था और कॉल को डॉ. आउल के पास भेज दिया गया, जो खुशी से दौड़े और मुझे अपने क्लिनिक में ले गए। डॉ. आउल ने योजना के अनुसार ख़ुशी-ख़ुशी मुझे मृत घोषित कर दिया। मैं उनकी साजिश जानता था। वहां पहले मैं प्रतिदिन योगाभ्यास के लिए बहुत अभ्यास करता था, जिसका अर्थ है कि योग में विशिष्ट समय सीमा तक अपनी सांस को रोकना, जो मैंने हाल ही में एक बहुत ही जानकार भारतीय ज्ञानी संत से सीखा था जब मैं भारत आया था। इसे प्राणायाम कहते हैं। मेरा शव ले जाया गया और अंतिम अनुष्ठान के लिए मिस्टर फॉक्स और मिस कैट की प्रतीक्षा में कोल्ड स्टोरेज में रखा गया। यह उन सभी द्वारा अच्छी तरह से योजना बनाई गई थी कि वे स्थानिक मथक से बाहर थे ताकि दोष प्रिय हेन पर आ जाए।"

मिस्टर डक ने कहा, "ओह...नहीं..! कैसी क्रूरता है! लेकिन जिस मुख्य चीज़ के लिए हम आपके मृत शरीर की प्रतीक्षा कर रहे हैं वह कहाँ है?"

मिस्टर कॉक ने उत्तर दिया, "जब उक्त शव कोल्ड स्टोरेज में था तो मैं उस योग प्राणायाम द्वारा कुछ सांस ले सकता था। मैं सोच रहा था और प्रार्थना कर रहा था कि शव कोल्ड स्टोरेज यानी मुर्दाघर से कैसे बाहर आऊं? मिस्टर फॉक्स, मिस कैट, मिस्टर क्रोकोडाइल द्वारा विद्युत आपूर्ति का मुख्य स्विच को बंद करने और मेरे वॉलेट से सभी महत्वपूर्ण कागजात और बैंकिंग कार्ड निकालने की एक और साजिश रची गई थी ताकि पैसे लेकर धोखाधड़ी करने के लिए प्रिय हेन को दोषी ठहराया जा सके। उस साजिश के बारे में मुझे पता था और मैं बिजली जाने का इंतजार कर रहा था। उस रात योजना के अनुसार जानबूझकर थोड़े समय के लिए बिजली बंद कर दी

गई थी। बहुत अंधेरा था। ठीक उसी समय जब मिस्टर फॉक्स, मिस कैट, मिस्टर क्रोकोडाइल और डॉ. आउल ने मेरी डेड बॉडी रैक खोली तो बड़ी आवाज हुई। मुझे नहीं पता था कि कहां से? इसलिए वे जल्दी से अपने आप को छिपाने के लिए चले गए और सौभाग्य से मैंने अवसर का लाभ उठाया और अंधेरे में भाग निकला। इस प्रकार मैं कूद गया और हाथ से लिखी चिट "लिविंग घोस्ट" जो कि मेरे पार्थिव शरीर पर रखी हुई थी, उसको रखकर मृत शव गृह कोल्ड स्टोरेज से भाग निकला ताकि कोई देख न सके और सुराग न पा सके और प्रिय हेन को यह पता चले की मैं अब भी जीवित हूं। मैं भाग गया और पास के एक होटल में अपने लिए एक कमरा बुक कर लिया।"

मिस्टर डक, मिस्टर लायन, आदरणीय मुख्य न्यायाधीश और पुलिस ने पूछा,

"तो आपका मतलब यह है कि आपका तथाकथित मृत पार्थिव शरीर भाग गया...! और आप होटल चले गए...? यह कैसे संभव है?"

मिस्टर कॉक मुस्कुराये और बोले, "माई लार्ड...! अब आप सबके सामने मैं कहता हूं और घोषणा करता हूं कि मैं जीवित हूं...!"

कमरे में एक क्षण के लिए जैसे सन्नाटा छा गया। एक क्षण के लिए सभी की सांसें थम सी गईं। फिर एक मिनट की चुप्पी के बाद मिस्टर कॉक ने आगे कहा,

"यही कारण है कि मैंने अपने चिट शब्दों में "जीवित भूत" लिखा और छोड़ दिया ताकि प्रिय हेन शायद समझ सके। मुझे इतने समय तक छिपना पड़ा। मुझे जीवित भूत के रूप में रहना और अभिनय करना पड़ा और मैं जीवित हूं। आप सभी मुझे छू सकते हैं। मैं प्रिय हेन का पीछा करता था और अपने घर के पिछवाड़े में छिप जाता था और कभी-कभी उस होटल से आता था यह देखने के लिए कि मेरी अनुपस्थिति में क्या हो रहा है? मैं ही मिस्टर डक के घर प्रिय हेन के साथ गया था और प्रिय हेन की टाँगे खींचता था क्योंकि मुझे उस वक़्त ईर्ष्या हुई थी। जब मैं कोल्ड स्टोरेज यानी मुर्दाघर से भाग गया, तो मैंने जल्दी से वहां एक छोटी सी चिट छोड़ दी थी "जीवित भूत" .... शायद कोई भी मेरी स्थिति और कहाँ के बारे में समझ सकता!"

यह सब सुनकर मिस्टर फॉक्स, मिस कैट, मिस्टर क्रोकोडाइल और डॉ.आउल ने बचने और भागने का एक व्यर्थ और असफल प्रयास किया। किसी तरह सिक्योरिटी ने सभी को सख्ती से पकड़ लिया।

आदरणीय मुख्य न्यायाधीश ने यह सुनकर आदेश दिया,

"मिस्टर फॉक्स, मिस कैट, डॉ. आउल और मिस्टर क्रोकोडाइल को तुरंत यहां पकड़ लिया जाय और हथ कड़ी पहनाई जाय। अब जब मिस्टर कॉक ज़िंदा है और उन्होंने स्वयं ही ने खुद ही अपनी गवाही पेश की है और अपराधिओ ने भागने की असफल कोशिश करते हुए अपना अपराध कुबूल भी किया है जो माफ़ी के लायक नहीं है तो यह मौजूदा अदालत आदेश देती है की उन्हें हत्या के प्रयास के लिए सलाखों के पीछे कड़ी से कड़ी मृत्यु दंड या आजीवन कारागृह की सज़ा दें।"

मिस्टर लायन, आदरणीय मुख्य न्यायाधीश, माननीय न्यायाधीश, हेड पुलिस दौड़ पड़े और सुरक्षा कड़ी करके तीनों को उस अंधेरे कमरे में बैठे पकड़ लिया।

इस पर मिस्टर कॉक ने कहा, "माई लार्ड...! कृपया प्रतीक्षा करें और कृपया पहले मेरी बात सुनें। मेरा विनम्र अनुरोध है कि कृपया उन सभी को यह कड़ी से कड़ी सज़ा न दे दंड न दें बल्कि माफ कर दें। मैं इस धरती पर केवल अपने सगे संबंधियों के लिए ही नहीं बल्कि सभी के लिए एक बहुत ही मासूम बच्चे की तरह शुद्ध प्रेम के लिए जीता हूँ। मैं सभी से इतना प्यार करता हूं कि अपना धन, दौलत, जमीन-जायदाद सब भूल जाता हूं। मैं विनम्र आग्रह और अनुरोध करता हूं कि उन्हें केवल और केवल ऐसी सज़ा दि जाए जो उन सभी के भृष्ट विचारो को वे छोड़ दे और सकारात्मक दृष्टी कोण से विचारो को परिवर्तित करते हुए मुझे एक निश्छल और निर्मल प्यार दे ताकि हम सभी हसी ख़ुशी प्यारभरी ज़िन्दगी जीएं, जीने दें और उन्हें भी हमारे धन संपत्ति का आनंद लेने दें और धन, भूमि और संपत्ति से सब अपना समझकर स्वीकार करें। मैं नहीं समझता उन्हें बिल्कुल भी आपत्ति है लेकिन उन्हें इसे दुर्भावना से मुक्त होना चाहिए। इस संसार में यदि धन, दौलत, ज़मीन और जायदाद मनुष्य को, विशेषकर मेरे अपने भाई-बहनों को, इतना स्वार्थी बना देती है तो मुझे ऐसा कोई धन, दौलत, ज़मीन और जायदाद नहीं चाहिए बल्कि मैं हमेशा शुद्ध और निर्दोष प्रेम की याचना करता हूँ....! प्यार...! और केवल प्यार। मैं इस धरती पर खाली हाथ आया

था और खाली हाथ ही लौटूंगा, फिर भौतिक वस्तुओं से इतना अवांछित लगाव क्यों? जिन्हें कोई सूक्ष्म शरीर के साथ अपने साथ नहीं ले जाता। हम इन सभी भौतिक सुखों का आनंद केवल अपने पार्थिव शरीर से ही लेते हैं और हमारा सूक्ष्म शरीर कभी भी इन सभी को अपने साथ नहीं ले जा सकता है। सज़ा यानि दण्ड पार्थिव शरीर को है, लेकिन इसका कारण उनके मन से आए बुरे विचार और हमारे सूक्ष्म शरीर द्वारा किए गए उक्त प्रतिशोधी विचार हैं। हम अपने पार्थिव शरीर को छोड़ने के बाद पछताते हैं, लेकिन तब बहुत देर हो चुकी होती है। यदि संयोग से हमारा मन, जिसे सूक्ष्म शरीर भी कहा जाता है, ऐसी दुर्भावना और बुरे विचार लेकर चलता है तो हम भटकते रहते हैं और हमें बार-बार पृथ्वी पर लौटना पड़ता है। पृथ्वी हमारे कर्मों का निपटान करने के लिए या कर्मो का बदला चुकाने के लिए है। अगर मैं दुनिया का पहला व्यक्ति बन जाऊं जिसने यह नई मिसाल कायम करने की कोशिश की है.... "जियो, जीने दो, प्यार करो, बांटो और जीने दो" । अपने धन, भूमि और संपत्ति के साथ खुशी और शांति से। मुझे उम्मीद है कि हम ऐसा कर पाएंगे। धरती पर एक सुनहरा सूरज जरूर उगेगा ।"

मिस्टर फॉक्स, मिस कैट, डॉ. आउल और मिस्टर क्रोकोडाइल सबके सामने इतने शर्मिंदा हुए कि उन्होंने माफी मांगी और मिस्टर कॉक को इतनी नेक सज़ा, पवित्र विचार और अवधारणा के लिए धन्यवाद दिया। मिस्टर फॉक्स, मिस कैट, डॉ. आउल और मिस्टर क्रोकोडाइल सहमत थे कि वे लालची थे और उन्होंने पाप किये थे। तब श्रीमान लायन, सरकारी प्रतिनिधियों के साथ आदरणीय मुख्य न्यायाधीश, माननीय न्यायाधीश, प्रमुख पुलिस ने उन सबको माफ़ किया। लेकिन यह कैसा न्याय? दंड या माफ़ी?

श्रीमती हेन ने दौड़कर मिस्टर कॉक को प्यार से गले लगाया और मिस्टर कॉक को ऊपर से नीचे तक छुआ और उनकी आँखों में आँसू आ गए। वह दुनिया की सबसे खुश इंसान थीं।

मिस्टर कॉक और श्रीमती हेन सीधे मिस्टर डक के पास गए और उन्हें और सभी अधिकारियों को बहुत धन्यवाद दिया जिन्होंने निमंत्रण स्वीकार किया और समारोह में शामिल हुए।

तब मिस्टर लायन, सरकारी प्रतिनिधियों के साथ आदरणीय मुख्य न्यायाधीश, माननीय न्यायाधीश, प्रमुख पुलिस और श्रीमती हेन और मिस्टर कॉक भी इतने खुश थे कि मामला इतनी अनोखी पवित्रता के साथ परम संतुष्टि और समाधान के साथ हल हो गया। काल्पनिक प्राणी जगतमे मनुष्य को मद्दे नजर रखते हुए मानव जीवन को जैसे शिख देते हुए पहली बार "**एक हैरत-अंगेज़ फैसला**" किया गया।

इससे सरकार के प्रतिनिधियों, आदरणीय मुख्य न्यायाधीश, माननीय न्यायाधीश, प्रमुख पुलिस के साथ मुख्य न्यायाधीश मिस्टर लायन ने कहा कि हम हमेशा अपराधी के पार्थिव शरीर को दंडित करते हैं और जो सलाखों के पीछे कार्यकाल पूरा करने के बाद बार-बार ऐसे अपराध को दोहराता है। जो महत्वपूर्ण है वह भीतर से यानी मन में, मानसिक व्यवहार और दृष्टिकोण का व्यापक परिवर्तन होना ज़रूरी है और अनिवार्य भी ताकि पृथ्वी पर एक अच्छे इंसान होते हुए किसी भी भौतिक वस्तु से आसक्त न होना और एक दूसरे के प्रति सिर्फ निःस्वार्थ प्रेम का व्यवहार करना।

मिस्टर फॉक्स, मिस कैट, डॉ. आउल, मिस्टर क्रोकोडाइल इन सभी ने शपथ ली कि अब से वे मिस्टर कॉक और श्रीमती हेन के उस मासूम, पवित्र प्यार का बदला कभी नहीं लेंगे। जीओ और जीने दो पूरे सकारात्मक मन और विचार के साथ और किसी भी धन, भूमि और संपत्ति के लिए छीनने और मारने का कोई प्रयास नहीं करेगे और इस नेक विचार रूपी एक हैरत-अंगेज़ फैसला मानवता के समक्ष एक नया विचार रुख देगा। हमेशा शुद्ध, निर्दोष प्यार दें, जीएं, जीने दें, यह दृष्टिकोण, नेक विचार और नया आयाम सभी को पसंद आया।

www.ingramcontent.com/pod-product-compliance
Lightning Source LLC
LaVergne TN
LVHW050831051026
849532LV00008B/3226